陕北民歌歌词释译

Lyrics of Northern Shaanxi Folk Songs: Translation and Exegesis

王占斌　译著

南開大學出版社
天　津

图书在版编目(CIP)数据

陕北民歌歌词释译 ：汉英对照 / 王占斌译著.—
天津:南开大学出版社,2021.8
ISBN 978-7-310-06124-2

Ⅰ.①陕… Ⅱ.①王… Ⅲ.①民歌-研究-陕北地区
-汉、英 Ⅳ.①I207.72

中国版本图书馆 CIP 数据核字(2021)第 166496 号

陕北民歌歌词释译
SHANBEI MINGE GECI SHIYI

南开大学出版社出版发行
出版人:陈 敬
地址:天津市南开区卫津路 94 号 邮政编码:300071
营销部电话:(022)23508339 营销部传真:(022)23508542
https://nkup.nankai.edu.cn

北京建宏印刷有限公司印刷 全国各地新华书店经销
2021 年 8 月第 1 版 2021 年 8 月第 1 次印刷
230×155 毫米 16 开本 17.25 印张 229 千字
定价:86.00 元

如遇图书印装质量问题,请与本社营销部联系调换,电话:(022)23508339

序

陕北民歌以其浓郁的乡土气息和淳朴的自然风格，表现出丰富多彩的思想感情和精神意境，是陕北人民长期居住在浩瀚苍茫的黄土高原上自然形成的原生态民间艺术,深受全国人民的喜爱。陕北民歌和人民生活紧密相连，种类繁多，题材丰富，形式独特，字里行间真切表现了陕北人民开朗豪放的性格和纯朴乐观的情绪。热情洋溢地歌颂党的领导、歌颂社会主义祖国、歌唱劳动生活、歌唱人间真情成为陕北民歌的突出主题。

翻译活动有史以来伴随了人类社会的演进，展示了文化互译与文明互鉴的历程。在追求精神文明与创造物质生活的社会活动中，人类受益于各种类型或规模的翻译活动，在世界弘扬文明、传播智慧、创新文化。王占斌教授致力于翻译代表中国传统文化的陕北民歌歌词，向世界介绍陕北原生态文化，在跨文化视角下向域外讲好中国传统经典的故事，实现中国特色民间艺术的世界表达，令人非常钦佩！有幸拜读，深感开悟，这一力作集诸多译学之道为一体。

翻译活动的社会功用之一是传播信息、知识并传承文明、文化。翻译活动亦是一种传播活动。译著内容反映了陕北民歌承载的文化内涵，将独特的中国民歌形式与内容介绍给国外受众，分享中华民族故事，扩大对外交流传播内容，开展非物质文化遗产的域外宣传和译介，体现了翻译传播和承载文化遗产、艺术结晶的作用和意义。

翻译研究需要与时俱进，开拓理论应用与实践描写的新内容，体现理论来源于实践、理论联系实际的相互关系。陕北民歌翻译，也是乡土特色浓厚的口头文学翻译，如何理解欣赏民俗文化元素，使译文具有独特的审美特质和表达形式，再现民歌歌词中的叙事内容情境、文学审美效果和吟唱音律功能，是陕北民歌翻译的核心问题，至此译者开拓了译学研究新的理论范畴。

本译著以陕北民歌歌词翻译为研究对象，探究如何有效地译介中国民间艺术作品，将中华传统文化生动、形象、准确地呈现给世界，在建设全球“命运共同体”中，促进中国的价值取向、话语权在全球的认同发展。为此译者在翻译实践的基础上，归纳出普遍适合民歌叙事外译的原则、策略和方法，提出民歌歌词翻译要保留原作的形式风格和考虑受众审美体验的原则，遵循等量迁移策略和等效迁移策略，采用语义翻译法、意象移植法、去象留意法和建构关联法等翻译方法。

等量迁移，即从形式到内容的近似移植，保留陕北文化元素、特色方言、原生态的表现形式。

等效迁移，即考虑译文读者的期待视野，译文如何使目的语读者理解陕北民歌中自然质朴的审美韵味和意境，而达到审美体验的问题，考虑译作在国外的接受传播。

语义翻译法，即再现歌词的表达功能，准确地传递原作者在原文中表达的意思，从形式到内容都保留原歌词的原生态特质。

意象移植法，即借助联想、比喻、类比的意象思维方式理解事物和表达思想。自然物与情感融为一体，保留歌词中原生态文化元素的生活意象，传达歌词形美意美的特质。

去象留意法，即充分考虑域外受众的认知期待，充分考虑对外传播中目的语读者的接受能力，译者对原文中的意象做出灵活处理，只保留歌词的要旨，将原意象所表现的意义传达给受众。

建构关联法，即通过建构外在衔接或内在关联，创造性建构了上下文之间的逻辑关系，产生新的叙事衔接或喻意关联，再现原歌词中的信息或内涵。

本译著充分体现了翻译也是创作，译作是“译与著的结合体”。陕北民歌具有深厚的文化内涵和独特的审美意蕴，译者既要叙事讲好原生态的故事，也要表征其语言形式、旋律和节奏，并通过注释分享对歌词思想感情、原生态文化和审美价值的分析。王占斌教授运用了精湛译技和文学匠心，再现了陕北民歌的语言文化特色，将民歌歌词这一形式独特、内涵丰富、具有中国特色的文学文本，翻译得淋漓尽致，实现了文本的表达功能、美学功能和感染功能，再现了歌词的审美特质、诗歌的结构音韵、艺术效果的感染力，特此祝贺这一力作的成功问世！

苗　菊

2021 年 2 月 10 日于南开大学学者公寓

前 言

陕北民歌是我国传统文化的瑰宝，是汉民族优秀的代表性音乐，具有很高的艺术价值，2008 年入选我国第二批非物质文化遗产名录。陕北民歌历史悠久，最早有文字记载的陕北民歌是《上郡歌》。陕北民歌是陕北劳动人民集体智慧的结晶，反映了陕北人民的生活场景和思想感情。陕北民歌种类多，形式多样，有四季歌、五更调、揽工调、酒歌、秧歌、劳动号子、榆林小曲、二人台等，以小调和信天游为主。陕北地处中国东、西部交界，是草原、沙漠和黄土高原的融合区,也是历史上汉族与少数民族频繁往来的交汇地，游牧文化和农耕文化在这里得到很好的交融，孕育出了独具特色的陕北民歌，它们有的深沉、有的委婉、有的热烈、有的奔放，折射了陕北人纯朴、豪放和率真的性格特性。

陕北民歌作为我国民族音乐当中一颗璀璨的明珠，长期以来影响着我国民族音乐的发展。传承和发展陕北民歌，符合国家文化发展的需要。陕北民歌通过劳动人民在长期的生产生活中口耳相传，属于“原生态民歌”。原生态民歌是老百姓自然地表达情感的一种民歌形式，是一种结合民间艺术、民俗，未经过商业化处理，有自己独特文化，保存自己独特风俗的歌曲。其特点是具有浓郁的乡土气息，保留了未经过修饰的地方语言形式，具有丰厚饱满的文化内涵，它和历史文物一样具有很高的研究价值。然而，随着社会经济的快速发展，陕北人的生活方式和生活环境也发生了巨大的改变，从而导致陕北民歌失去了传统的创作土壤，并逐渐走向衰落。而且，随着国内外多元文化的冲击，流行元素充斥着生活的各个角落，传统艺术市场的观众范围逐渐缩小。当下的陕北，能够演唱陕北民歌的人变得越来越少，而能够选择并坚持将这条道路走下去的人更少。

现代化的脚步严重影响了原生态文化的发展。陕北民歌在城市化、商业化的无形渗透下生存空间逐渐被蚕食，此时出台“非物质文化遗产”保护措施在很大程度上有利于陕北民歌的继承和发展。陕北民歌的传承需要渠道，需要建立起陕北民歌传承机制，扩大对外交流，让陕北文化和陕北故事走出国门。陕北民歌是陕北的，也是中国的，更应是世界的。陕北民歌的传承人应穿越时空、走进历史、立足陕北、放眼全球，深刻感悟陕北民歌承载的文化，将其介绍给更多的国外受众，让他们了解并喜爱上这一独特的中国民歌文化。

陕北民歌的翻译就是最重要的传播形式，对传承陕北民歌意义重大。陕北民歌翻译属于文学翻译和音乐翻译的合体，其目的就是再现民歌的文学审美特质和演唱功能。作为乡土特色浓重的口头文学，陕北民歌歌词的翻译需要明确发送者的资格，发送者应是能讲或会讲陕北文化故事的人，接受者是故事在异文化的最终归宿，这些直接决定了翻译的策略。鉴于此，陕北民歌歌词翻译需要遵循保留原作风格和满足受众的审美体验两项原则，按照等量迁移策略和等效迁移策略，忠实通顺地把陕北民歌歌词介绍给受众。

陕北民歌作为非物质文化遗产，其对外译介研究已经取得了少许成果，但还处于初级阶段，基本停留在微观研究上，而且研究忽略了陕北民歌对外传播中目的语读者接受度的问题，特别是如何在跨文化视角下向域外讲好中国故事，这是国内研究目前存在的问题或亟待解决的课题。由于陕北非物质文化遗产域外宣传和译介较少，导致国外至今对陕北文化和陕北民歌研究缺失。

无须多言，以上原因足以证明笔者为何选择研究和翻译陕北民歌。作为陕北人，笔者有义不容辞的责任承担陕北民歌的传承；作为翻译人，笔者应该通过翻译把陕北民歌介绍给国外读者，让中国文化在异国他乡落地生根；作为一位民歌的爱好者，笔者想尽自己所能向世界讲好中国故事，为中国文化的传播尽自己的绵薄之力。希望广大音乐爱好者和读者在阅读此书时，多多提出宝贵意见，因为翻译就是一座爬不到顶的山，我们永远在路上，永远有期待。

本书付梓之际，感觉要感谢的单位和人太多了。首先要感谢南开大学出版社决定出版这本书，感谢出版社的编辑老师们在此书出版过程中付出的辛勤劳动，感谢他们一丝不苟、精益求精的工作态度。我还要感谢延安大学李艳教授、榆林学院李秀萍教授，以及我的研究生罗玺、曹露露、柴言、陈雨勤、王玺旸和于梦媛，她们在我翻译陕北民歌遇到困惑时，不惜牺牲自己的休息时间与我讨论。南开大学外国语学院博士生导师苗菊教授，一直关心我的科研发展，在百忙之中审阅全稿，欣然为拙作作序，也谨在此深表谢意。

王占斌

2021年2月于天津沃克小镇

目　录

1. 泪个蛋蛋[①]抛在沙蒿[②]蒿林

羊肚子手巾[③]三道道蓝，
咱们见个面面容易拉话话难。

一个在那山上一个在那沟，
咱们见不上个面面那就招一招那手。

瞭得见个村村瞭不见个人，
我泪个蛋蛋抛在沙蒿蒿林。

一个在那山上一个在那沟，
咱们见不上个面面那就招一招那手。

瞭得见个村村瞭不见个人，
我泪个蛋蛋抛在沙蒿蒿林。

---

① 泪个蛋蛋：一滴一滴的眼泪。

② 沙蒿：生长在陕北的一种草本植物，喜欢在沙土中生长，经常大片聚集，俗称沙蒿蒿林。沙蒿草具有耐干旱、防风沙的功效。

③ 羊肚子手巾：这是陕北农民在干农活时头上戴的毛巾，可以擦汗，也可以挡风沙。

My tears fall to the grass

I see the white blue head-cloth there
When can we talk about love together

You're on the hill and I'm in the gully
A short distance but keeps us poles apart

My eyes search for you in the hamlets
Find you not so tears fall to the grass

You're on the hill and I'm in the gully
A short distance but keeps us poles apart

My eyes search for you in the hamlets
Find you not so tears fall to the grass

译文浅析：

这是一首最经典的陕北民歌，旋律悠扬婉转，歌词内容叙述了发生在乡村的爱情故事。故事中的两位相互爱恋的人，虽然望得见彼此，但是又不能随意见面，更不能诉说衷肠，只能在干农活时远望着对方的身影，热泪不禁滴在沙蒿蒿林。陕北黄土高坡上纯朴、真诚的爱情故事感人至深，笔者在翻译时也尽力再现其中的质朴的情味。原歌词中的“羊肚子手巾三道道蓝”有三重功能，一来是为了起兴，见物起兴，随口而来，其目的是为了引出下句“咱们见个面面容易拉话话难”；二来是为了押韵，唱起来上口；三来是借“羊肚子手巾”指头戴羊肚子手巾的人，起借代功能。翻译的时候，笔者处理成“I see the white blue head-cloth there”，也保留了原来的借代，同时建构了上下句的关联。第二组句子描写了现实生活的景象，突显了两个相爱的人其实相距的直线距离很近，一个在山头，一个在山沟，相互都能看得见对方，但是歌词却写道：“咱们见不上个面面那就招一招那手”，说明两人并不能走到一起谈情说爱。陕北过去乃至现在，深受传统文化的影响，儿女的婚姻大事都要服从父母之命、媒妁之言，自由恋爱很难被世俗接受，所以才会近在咫尺，却只能“见不上个面面那就招一招那手”。笔者直译上句为“You’re on the hill and I’m in the gully”，但是意译下句为“A short distance but keeps us poles apart”，再现了相见之难。第三组句子的翻译中没有保留草本植物“沙蒿蒿草”的意象，将其改译为“grass”，原因有二：一是这种草本植物如果被直译会比较长，歌词翻译不允许单词解释过于冗长；二是这种草并不普遍，英语文化的接受者难于产生那些生活在陕北黄土高原上老百姓所产生的联想。当然，这种对原来意象的有意忽略可能会造成原歌词内涵意义的损失，比如，“沙蒿蒿草”随风飘曳时，给人心生凄凉的感觉，而用“grass”翻译恐怕就很难有这种感觉了。

2. 叫一声哥哥[1]你快回来

上河里的鸭子下河里的鹅，
一对对毛眼眼[2]照哥哥。

煮了（那个）钱钱[3]米（哟）下了（那个），
大路上搂柴[4]瞭一瞭你。

煮了那个钱钱（哟）下了那个米，
大路上搂柴瞭一瞭你。

青水水的玻璃隔着窗子照，
满口口白牙对着哥哥笑。

双扇扇的门（来呀）单扇扇地开，
叫一声哥哥呀你快回来。

---

① 哥哥：陕北话中的男朋友。

② 毛眼眼：一闪一闪的聪明、伶俐的眼睛。

③ 钱钱：将黄豆用水浸泡软，然后用小锤打成片状，或用石碾压成片状，晾干或风干后呈金黄色，就像钱币一样，所以叫作钱钱。钱钱薄而易熟，可以熬粥或者做面汤，具有补钙的功效。

④ 搂柴：陕北方言，指拾柴火，包括干枯的草、掉落的树枝等。

I can’t wait to see you appear in sudden

Ducks and geese cheer in water
But where are you my dear

Millet put in pot I come out for Firewood
I hope you appear suddenly on the road

Millet put in pot I come out for Firewood
I hope you appear suddenly on the road

I clean the glass window crystal clear
So happy I smile to myself, my dear

The gate is left secretly for you half-open
I can’t wait to see you appear in sudden

译文浅析：

这是一首著名的信天游[①]，是路遥的同名小说改编的电影《人生》里的插曲，是女主人公刘巧珍送男主人公高加林进城参加工作时唱的，歌曲表达了巧珍对加林的依依不舍之情。这首信天游旋律委婉，曲调苍凉，唱出了陕北黄土高原上平实质朴，却让人百转千回、心里泛起无数波澜的最真挚、最美丽的爱情。《诗经》

① 信天游：陕北民歌中最多、最常见的一类。

讲究赋比兴，所谓“关关雎鸠，在河之洲；窈窕淑女，君子好逑。”在这首歌词中“上河里的鸭子下河里的鹅”与“关关雎鸠”一样，都是起兴句，为引出下句比拟。上下两句没有紧密的逻辑关系，是劳动人民在劳动中随意从周围熟悉的，或看得见的事物中拿来作为起兴的，其目的是给下句做铺垫，下句才是表达的主体。这样的句式结构是陕北民歌歌词中普遍存在的语言现象，几乎每一首民歌歌词中都会出现，所以在翻译中处理好这样的比拟句可以说是解决了民歌翻译一半的工作。陕北民歌歌词中的比兴是信口拈来的比拟句式，有的可以找到上下句中的关联，有的纯粹为了节奏，或唱起来上口，或显得上下对称，起兴和比拟之间根本找不到关联，其实有的根本就没有关联。如果我们在翻译时也照样将零关联的比兴句翻译成零关联句对，那么西方受众会难以理解，因为西方受众的传统思维使他们习惯从叙事的逻辑关系中去理解文本的要义。在第一组歌词中，“上河里的鸭子下河里的鹅”与“我”在瞭望男朋友没有直接的联系，可是如果我们也按照汉语的比兴模式翻译英语，那么英语受众会不知所云。所以笔者通过“cheer”和“but”创造性地建构了上下句之间的逻辑关系——鸭和鹅在一起嬉戏，而你在何处，把我一人留在这里。在翻译第二组歌词时，笔者省略了“钱钱”这个意象，因为歌词意在突出姑娘在煮小米粥时仍然想着男友，至于煮的是钱钱小米粥还是其他小米粥，并不重要。另外，笔者将“大路”译为“road”，村庄里没有大路，都是把家家户户连起来的小道，陕北方言中将门前的小路也叫作大路。第三组歌词中的“白牙”表现了姑娘看到男友的喜悦之情，一直禁不住笑着，露出了美丽洁白的牙齿。笔者用“So happy I smile”来翻译，因为如果直译出来会显得很奇怪。

3. 兰花花

青线线（那个）蓝线线，蓝格英英（的）彩，
生下一个兰花花，实实地爱死个人。

五谷里（那个）田苗子，数上高粱高，
一十三省的女儿（呦），就数（那个）兰花花好。

正月里（那个）那个说媒，二月里订，
三月里交大钱，四月里迎。

三班子（那个）吹来，两班子[1]打，
撇下我的情哥哥，抬进了周家。

兰花花我下轿来，东望西又照，
照见周家的猴老子[2]，好像一座坟。

你要死来你早早地死，
前晌你死来后晌我兰花花走[3]。

---

① 班子：陕北方言，指吹鼓手。婚礼或葬礼上请来吹鼓手乐队奏乐，吹鼓手经常由两个吹唢呐的、一个击鼓的、一个敲锣的、一个打镲的和一个吹号的组成，今天班子的队伍不断扩大，加入了弦乐器、打击乐器和电子乐器等。

② 猴老子：“猴”在陕北方言指的是排行老小，“老子”是骂人话，对自己不喜欢或憎恨的人经常加上“老子”二字，比如，张家的那个二老子，就是张家的二儿子。

③ 前晌、后晌：“前晌”指上午，“后晌”指下午。

手提上（那个）羊肉怀里揣上糕[①]，
拼上性命我往哥哥家里跑。

我见到我的情哥哥有说不完的话，
咱们俩死活（呦）长在一搭[②]。

Lan Huahua

Colorful threads in her hands move easily
Lan Huahua grows beautiful and lovely

Crops in field, sorghum dwarfs the rest
Girls in China, Lan Huahua is the prettiest

Her match is hastily made in late winter
The wedding happens in Spring no sooner

With trumpets and drums, the wedding goes
Watching her lover, she was carried into the Zhou's

Huahua got off the litter looking around
Only to find her husband sick and haggard

① 糕：陕北人的米糕，是用当地出产的软糜子做成的。颜色呈金黄色，粘性很大，可以蒸熟后就吃，也可以放凉以后继续做成各种形状，包上馅，然后用油炸熟，色香味俱全，是陕北地区的一道美食。

② 一搭：陕北方言，指的是生活在一起。

If he died earlier, that's fair and lucky
I'll run away when he kicks the bucket

I'll steal some mutton and millet Gao
And rushed crazily to my lover's home

I have much to say to my sweetheart
Dead or alive, we'll never stay apart

译文浅析：

《兰花花》是在陕北地区乃至全国流传最广、最受欢迎的一首经典民歌。歌词以纯朴生动、犀利有力的语言，歌颂了一位封建时代的叛逆女性——兰花花。出生在绥德县的山村姑娘兰花花，朴实、大方、美丽，犹如一朵盛开的兰花。兰花花与邻村的杨五哥青梅竹马，两小无猜，可是周家仗势欺人，强取豪夺，用重金强娶了兰花花，试图以婚礼来为自己病入膏肓的儿子冲喜。兰花花被强行抬上了花轿，她拼死反抗、誓死不依，搅散了周家的婚礼，准备与暗地里约好的五哥私奔。整个故事情绪激昂、言辞酣畅，堪称一首慷慨淋漓的叙事诗。笔者在翻译时，也尽力再现原诗的风格和意蕴。笔者将“青线线（那个）蓝线线，蓝格英英（的）彩”译为“Colorful threads in her hands move easily”，附加了新意，可能主人公是在纺线或者做针线活儿、刺绣等，这样就使原本只是为了起兴的意义扩大了，但是附加的意义合情合理。翻译“一十三省的女儿（呦），就数（那个）兰花花好”这句时，笔者将数字“一十三省”译为“in China”，在外延上是等同的。“正月里（那个）那个说媒，二月里订，三月里交大钱，四月里迎”，这组歌词叙述了周家为了给儿子冲喜的快速成亲行为，笔者并没有把“正月”“二月”等时间词具体翻译出来，而是用了“winter”和“spring”这些比较笼统的词语，并加上“hastily”和“sooner”等词语，以此突出周家老财主急切成婚的行为。“三班子（那个）吹来，两班子打”被意译为“With trumpets and drums, the wedding goes”，用两种乐器表示了婚庆的排场，忽略了“三班子吹”和“两班子打”的具体意象，虽有损失，但基本乐器和大型场面已经表现了出来。“照见周家的猴老子，好像一座坟”被译为“Only to find her husband sick and haggard”，一个“only to find”就充分表达了失望的情绪，“一座坟”这个意象是陕北人惯用的，指的是病入膏肓的人，故译成“sick and haggard”，通过意译处理忽略了原意象。在处理“糕”时，译者保留了音译（Gao），因为陕北的糕不同于我们平常意义上的米糕（rice cake 或 rice pudding），而是用软糜子做的一种食物。这首民歌采用了第三人称和第一人称两种叙述方式，前半部分用第三人称，后半部分用第一人称，笔者在译文中也保留了这种叙事方式，读起来流畅自然，也不会造成误解。

4. 这么好的妹妹[1]见不上个面

这么长的辫子探不上个天，
这么好的妹妹见不上个面。

这么大的锅来下不了两颗颗米，
这么旺的火来烧不热个你。

三疙瘩的石头两疙瘩砖，
什么人让我心烦乱？

什么人让我心烦乱？
心呀么心烦乱 心呀么心烦乱？

三疙瘩的石头两疙瘩砖，
什么人让我心烦乱？

什么人让我心烦乱？
心呀么心烦乱 心呀么心烦乱？

① 妹妹：陕北民歌中经常出现的称呼，一般男方把自己的对象爱称为“妹妹”。

If only I enjoy watching you every day

If only the pigtails reached the sky
If only I could enjoy watching you every day

Huge is the pot, but little millet to cook
Fire is hot, but how to warm your heart

You rocks lie there ever cold and quiet
And turn blind eye to my restless heart

You turn blind eye to my restless heart
My restless heart, my restless heart

You rocks lie there ever cold and quiet
And turn blind eye to my restless heart

You turn blind eye to my restless heart
My restless heart, my restless heart

译文浅析：

《这么好的妹妹见不上个面》是一首一直流行在陕北黄土高坡乃至全国的陕北民歌。这首歌旋律活泼自然，内容热情奔放、朴实豪迈，歌词充满了土味和情味，大胆而直白，表达了西北汉子对心仪姑娘的思慕和追求。翻译这首民歌需要译者具有很好的文学想象力和音乐感悟性，用心体验原歌词的文学美和音乐艺术美，倾听民歌的旋律和节奏，然后用英语再现歌词的风格和内容。第一句“这么长的辫子探不上个天，这么好的妹妹见不上个面”表现非常夸张，笔者也从形式上寻求对等，句首都用“If only”表示，然后做到句尾基本押韵，通过虚拟语气使意义基本上得到再现。开头几句歌词用了陕北生活中每天都见到的“长辫子”“天”“大锅”（锅口直径一般都在 70～100 厘米左右）、“米”（指谷子或糜子去皮后的果实）、“旺火”等事物。“长辫子”在陕北话里是美丽漂亮的代名词。辫子再长也不会够得着上天，表示做事太难，但是怀有期望，与下句一起就很好理解了——长辫子触到天的难度就像“我”见不着所爱的女子的难度；“大锅”和“旺火”构成意境，且一语双关，“旺火”烧不沸大锅里煮的米，“我”心里的这股爱火为何感动不了“你”。译文充分保留和移植了原文中的意象、押韵的语言形式和原生态的故事，而且保留了原歌词中的双关语，用异化策略叙述了包含在民歌歌词中的陕北乡土文化。如果将起兴句“三疙瘩的石头两疙瘩砖”直译成“stones and bricks”，简单地把虚写的砖和石头跟实写的姑娘拉在一起，读者会很难找到其中的联系，所以笔者放逸自己的联想，突出了砖头和石块的冰冷无知觉（You rocks lie there ever cold and quiet），永远躺在那里，如此平静，不受周围事物的影响和骚扰，而小伙子却被姑娘的出现、姑娘的眼神、姑娘的举止搞得心神不宁，一直春心荡漾，心潮澎湃。译文“turn blind eye to my restless heart”是小伙子向石头和砖块发出的质问和感叹，抱怨砖和石头对他的心情置若罔闻，成功地表现了小伙子的心已经被姑娘偷走，反衬了他对姑娘爱得炽烈。

5. 你哭成泪人人怎叫哥哥走

绿格铮铮麻油[①]炒鸡蛋，
这么好的朋友鬼搅散[②]。

河湾里石头打不起个坝，
手拿上相片片拉不上个话。

一把把拉住妹妹的手，
你哭成个泪人人怎叫哥哥走。

How could I leave you alone, dear

You fry eggs for me with shining oil
Why can't a perfect match be a couple

The stone-made dam can't stop water
A photo in hand can't replace a lover

---

① 绿格铮铮：陕北方言，指绿得发亮。麻油：陕北生长的一种小麻子，颗粒与绿豆一般大，呈土灰色，炒熟后可以榨油，榨出的油看起来黄中偏绿，晶莹剔透，香味十足，由于产量低，特别珍贵。

② 搅散：陕北方言，指拆散。

Hold your hand and dry your tears
How could I leave you alone, dear

译文浅析：

这是一首送别的小曲。心爱的女朋友十里相送即将走西口的小伙子，告别的场面常常是难舍难分，看着让人怜惜，听着让人揪心。两人相拥，泣不成声，今日一别，也许三年五载不得再见，也许就是永诀，大山为此感动，深沟为此发出回音。歌词仍然是上句起兴，下句比拟，这是翻译的大难特难之处，需要译者既要自然再现原句的意义和审美，也要努力去建构新的关联，为译文读者创造一个形式上相接、内容上相连的译文。例如，起兴句“绿格铮铮麻油炒鸡蛋”和比拟句“这么好的朋友鬼搅散”很难有逻辑上的联系，但是生于陕北的人都知道一个事实，用陕北的小麻籽油煎炒当地散养的鸡蛋，那是绝配，炒鸡蛋味道鲜美，颜色金黄，吃上一口永生难忘，这样一来就找到了起兴句与比拟句的关系：我和她是天生的一对，地配的一双，就像绿格铮铮的麻油和金黄色的鸡蛋放在一起。所以笔者将“这么好的朋友鬼搅散”译为“Why can’t a perfect match be a couple”，这里的“a perfect match”一语双关，既指麻油和鸡蛋的绝配，也指“我”和“她”的绝配。上句“河湾里石头打不起个坝”和“手拿上相片片拉不上个话”也是上句随口起兴，下句进行比拟，两句之间还是有一些逻辑勾连的。两句都突出“无用”，前者河湾的石头不能作为材料用，后者的照片不能说话，思念时也无济于事。因此，笔者利用“can’t”一词把两者紧密连接在一起，翻译为“The stone-made dam can’t stop water/A photo in hand can’t replace a lover”。最后一组歌词采用混合的形式放在一起进行翻译，把下句的“你哭成个泪人人”

与上句放在一起混合处理，让两个动作同时发生："Hold your hand and dry your tears"，这样处理合情合理，也为下句不忍离别做了铺垫。

6. 老祖先留下个人爱人

六月的日头[1]腊月的风，
老祖先留下个人爱人。

三月的桃花满山山红，
世上的男人就爱女人。

妹妹呦哥哥呦！

天上的星星成对对，
人人都有个干妹妹[2]。

骑上那骆驼峰头头高，
人人都说咱二人好。

A man needs a marriage partner

Summer heat follows cold winter
A man needs a marriage partner

---

① 日头：陕北话，指太阳。
② 干妹妹：这里指对象，女朋友。

Peaches bloom all over the mountain
It's a season when a man loves a woman

My sweetie

The stars appear in pairs
But I'm a single for years

Desert is proud of camel
You never find a better couple

译文浅析：

《老祖先留下个人爱人》是《黄河歌谣》里重要的一首，现在被广泛传唱，叙述了一对青年男女历经磨难之后终于能够正大光明地在一起的故事。而这首歌能流传至今的原因也在于此，爱情是不可阻挡的，是天经地义的，传统的封建思想在伟大的爱情面前也只能轰然倒塌。这首歌曲从头到尾都在运用比兴手法，上句起兴，下句比拟，找出上下句的内在关联或外在衔接是翻译的关键。歌词中的上句虚写自然气候的变化，下句实写男欢女爱，上下两句是通过一种内部的逻辑关系联系起来的。如果熟悉陕北人民比拟的习惯就会找到它们的内部关联，比如起兴句“六月的日头腊月的风”属于自然气候现象，都是一年之中本应该如此的天气，正如男欢女爱也是人之常情，是谁也改变不了的自然规律。两句的内部关联是通过一个共同点联系起来的，即亘古不变的自然规律。译文通过直译保留了上句环境的起兴，又通过意译手段翻译了下句实写部分的深层意义，把表层的“老祖先”变为深层的天地自然，就使上下句之间的比兴关系基本合情合理。当然，这里的翻译需要说明的是，上句的“六月”和“腊月”在陕北信天游里是农历的月份，公历可能是“七月”和“一月”或者其他，实际上陕北人借六月和腊月分别表示最酷热的夏天和最寒冷的冬天，所以将陕北方言里的“六月的日头”和“腊月的风”翻译为“summer heat”和“cold winter”是基本上对等的，缺憾是牺牲了“日头”和“风”两个意象。以此类推，第二组歌词“三月的桃花满山山红，世上的男人就爱女人”也属于自然现象，农历三月正是桃花盛开的季节，也指代男女情窦初开的时节，笔者通过一个“It’s a season”将两种行为恰到好处地联系起来。小伙子看到天上的星星成双成对，联想到自己还是单身一人，所以唱出“人人都有个干妹妹”的渴望和无奈，笔者通过一个转折词“but”诉说了自己比不上天上的星星，依然是形单影只。最后一组歌词完全采取意译的手法，忽略了“驼峰”，建立了一个新的意象“沙漠”。沙漠以骆驼为荣，骆驼是沙漠的魂，“咱二人”正如沙漠与骆驼的关系，还能找到比“咱二人”更合适的一对吗？

7. 鸡蛋壳壳点灯半炕炕明[①]

鸡蛋壳壳点灯半炕炕明，
烧酒盅盅量米[②]不嫌哥哥穷。

天上的星星数上北斗明，
妹妹心上只要你一人。

你看我美来我看你俊，
咱二人交朋友天注定。

Broken caves and dim light

Broken caves and dim light
Little food but you I do like

---

① 鸡蛋壳壳点灯：过去穷困的陕北人家用鸡蛋壳盛上煤油或植物油，再用一根棉绳作为灯芯将油渗出燃着来照明。20 世纪 80 年代前，更多的家庭在通电之前都用墨水瓶盛上煤油照明。炕：陕北人喜欢在窑洞里建一个比较大的土炕，冬天可以在炕洞口将柴火或者干羊粪塞进去燃着加热取暖。土炕直接与锅灶连接在一起，燃烧的烟可以通过炕底和烟囱排出去。土炕一般可以睡 5 到 10 人，冬暖夏凉，对腰椎治疗有益处。

② 量米："量"在陕北方言中有两种意思，随不同语境而变。第一种含义是购买，量米就等于购买米；第二种含义是度量，量米就是用某种容器（有的还有刻度）测量米的多少。在这首歌词中，属于后者，用烧酒盅舀米，家里穷困，没有足够的粮食，不敢用大勺子舀米。

Countless stars in the sky
But you are my only

You're every breath I take
A good match we're made

译文浅析：

这是一首口口相传的女性情歌，属于陕北民歌当中的信天游，最早流行于陕北佳县，表达的是陕北婆姨对自己男人的一片痴情，感人至深。然而，这首歌的翻译就比较难了，歌词中包含浓浓的陕北文化传统，其乡土特色就连陕西关中和陕南的读者都感到陌生，更何况异域受众呢！歌词中的“鸡蛋壳壳点灯”是指家境贫寒的陕北家户过去用鸡蛋壳盛上煤油或植物油，再用一根棉花绳作为灯芯将油渗出来燃着来照明；“烧酒盅盅量米”是用夸张手法点出家徒四壁、身无寸缕的贫困的程度，因为烧酒盅一般只能盛10~15 克米，如果用此器皿来盛米，可以见其一贫如洗的样子。笔者曾经在翻译这首歌时，采用异化翻译策略尽量保持其中的意象，如：“An eggshell oil lamp is lit but only makes half of the heated Kang dimly bright/ A small liquor cup measures the millet but your poverty I cold-shoulder not”。但是后来还是进行了重翻，因为笔者觉得直译为了表达原歌词的文化意象，一定程度上破坏了陕北民歌的语言特色、生态韵味及基本的节律。更何况英语国家的受众在没有注释的情况下，不一定能想象到“An eggshell oil lamp”“half of the heated Kang”和“A small liquor cup measures the millet”是什么样子。所以笔者在重翻这首民歌歌词时，进行了一个大胆的变译，将原歌词中的意象“鸡蛋壳壳”变译为“broken caves”，同时在翻译中忽略了“半炕炕”“烧酒盅盅”“北斗星”等意象，只是保留了原歌词中要表达的深层意义。这样一来，整首歌词读起来更像民歌，也排除了受众理解的梗阻，同时再现了歌词简单、质朴的原生态特质，做到讲好故事的同时没有丢失陕北民歌中蕴含的要旨。第二组歌词中的上句用天上的北斗星起兴，下句用妹妹心上人比拟，两句之间似乎还有一点关系，即北斗星是星星中之最，哥哥是妹妹心中之最。译文通过异化翻译的策略，用"you"既指星星中的一颗，又指自己所爱的男子，建构了新的寓意关联：在众星星中，你是我的唯一。

8．酱油罐罐里把你照

白脖子鸭儿（你）朝南飞，
你是哥哥的勾命鬼[①]。

半夜里想起（你）干妹妹，
狼吃了哥哥不后悔。

想妹妹想得迷了窍[②]，
酱油罐罐里把你照。

Seeing the soy sauce bottle as mirror

I'm a lonely duck in river
You stole my heart, my dear

If I stay with you one more night
I die with no regrets, my sweetheart

I go crazy for you, my dear
And see the soy sauce bottle as mirror

---

① 勾命鬼：陕北方言，指让人身心陷入而不可自拔的人。
② 迷了窍：陕北方言，指过度思念使人变得痴迷或痴狂，甚至有些痴呆。

译文浅析：

这首陕北信天游比较短，巧妙地运用了一贯的比兴手法，上句起兴，下句表达了中心意义。全部歌词四句都押尾韵，读起来朗朗上口。歌词通过“勾命鬼”“狼”等陕北人最熟悉的意象，反映了陕北小伙子和姑娘炽烈的爱情。笔者在翻译“白脖子鸭儿”时，用英语中常用的“lonely duck”意象，恰到好处地表现了小伙子就像一只孤独的鸭子，思念他的干妹妹。“朝南飞”不太符合鸭子的生物习性，鸭子偶尔可以飞起来，但是飞的距离很近，主要在水里生活，所以笔者将其译为“in river”。“半夜里想起干妹妹”一句并不难处理，说明了对干妹妹的日思夜想，可以翻译为“I miss you day and night”，但是如果与下句放在一起就不太恰当了。笔者大胆地借鉴和改编了英语歌曲“One More Night”中的一句“That I'll only stay with you one more night”，这样就与下句在语义上连贯了。笔者把最后一句“狼吃了也不后悔”中的意象“狼”省略了，因为这里的“狼”可以是老虎、狮子或者其他任何动物，歌词想突出的是，与干妹妹一起死也不后悔，所以，笔者最后将其处理为“I die with no regrets, my sweetheart”，既达到了意义上的对等，也实现了形式上的押韵。最后一句“酱油罐罐里把你照”，突出了小伙子由于过度思念变得痴狂，甚至把酱油瓶子当作镜子去看姑娘，笔者译为“see the soy sauce bottle as mirror”，基本上表达了原歌词的意义和情境。

9. 瓢葫芦舀水沉不了底

白脸脸[1]坐在高粱地，
毛眼眼[2]看人有主意。

瓢葫芦舀水沉不了底，
不想我爹娘单想你。

一对对绵羊并排排走，
一样样心事张不开口。

东种的糜子西种的谷，
小妹妹想你由不得哭。

With gourds we drink water

The handsome boy is in the corn
I know for whom he was born

With gourds we drink water
But with you I forgot my father

---

① 白脸脸：指年轻英俊的小伙子。
② 毛眼眼：指美丽俊俏的少女。

The couple sheep graze side by side
But I feel shy and let my love hide

The corn in the East and West stands still
I can't find you so my tears drop on the field

译文浅析：

这是一首典型的信天游，比兴手法运用自如，用陕北人最常见的"瓢葫芦""绵羊""糜子"和"谷子"起兴，给人以原生态的亲切感。翻译第一组歌词时，有两个词"白脸脸"和"毛眼眼"需要理解正确，这里用的是借代的修辞手法，分别指代英俊帅气的小伙子和聪明可爱的姑娘。歌词是从姑娘的视角用第一人称的手法进行叙述的，姑娘看着玉米地里的"白脸脸"（小伙子），产生了爱恋，但又出于少女的羞涩说不出口，将爱藏在心里，忍受着爱的幸福和心痛。"看人有主意"是陕北方言，指姑娘看那位小伙子一眼，心里已经认定他就是自己的对象，所以笔者将这句意译为"I know for whom he was born"，把姑娘的自信充分地反映出来。笔者翻译第二组歌词时，采取巧妙的手法。葫芦离不开水，否则就掉底，与下句"我"和"你"不可二分的关系一样，与"你"在一起，一切都不存在，包括最亲的父亲也会被遗忘，故译为"But with you I forgot my father"，展现了姑娘纯朴真实的感情。看到一对对绵羊并排走，姑娘希望自己也和绵羊一样成双入对，但是又羞于启齿。笔者尽力再现姑娘含蓄的心情，译为"But I feel shy and let my love hide"。对于最后一句起兴的句子："东种的糜子西种的谷"，笔者进行大胆地想象，将这句译为"The corn in the East and West stands still"，就很好地为下句做了铺垫："我"看见东边的糜子西边的谷，一切依旧，但是“我”找不到“你”的踪影，正如“桃花依旧笑春风”，但“人面不知何处去”，所以将下一句自然而然地译为“I can’t find you so my tears drop on the field”。译文基本上再现了姑娘的爱恋和思念心理。

10. 就想和你在一起

麻子[①]高来黑豆低，
咱们庄的婆姨数上你[②]。

说你好来本来好，
走起路来好像一个水上漂。

白布衫来黑夹夹[③]，
爱得哥哥没有办法。

柳树叶叶柳树梢，
思思谋谋想和你交。

I wanna be with you only

Married women in the hamlet
You are the prettiest

---

① 麻子：又称苴麻，形似芝麻的一种农作物，为陕、甘、晋、冀等地特产。麻子产量低，所以比较珍贵。用麻子榨成的油，色泽暗黄、味道悠香、润肠通便。

② 数上你：陕北方言，数你最好。

③ 黑夹夹：陕北方言，坎肩。

You're born beautiful
And your walk is graceful

In white shirt and black vest
Dear, you have stolen my heart

Willow leaves whisper lonely
I wanna be with you, and only

译文浅析：

这是一首流传于陕北延安的民歌，完全以延安地区盛产的小麻子（苴麻）和黑豆等粮食作物为意象起兴。小麻子可以长到一米五到两米高，高大挺直，腰杆纤细而妖娆；黑豆长得很低，最高也不过三四十公分，但是看起来嫩绿、丰满而不失韵味。将麻子和黑豆放在一起起兴，就可以看出歌中所唱及的女子高挑细腰、体态丰满，长得如此水灵妖娆的姑娘，不用再多文笔便可活灵活现地展现在读者的面前。小伙子被姑娘深深吸引，虽未见容颜，单就她婀娜姿态，犹如仙女下凡，柳腰摇摆、身轻如燕，让男人如何不爱恋，怎能不久久顾盼。更让男人如醉如痴的是，她的衣服搭配得黑白相称，大方协调，为她平添了令人无法抵抗的魅力。翻译这首民歌，笔者有意放飞了一下自己的想象力，完全像在用英语写诗写歌。例如，第一组句中的“麻子高来黑豆低”起兴被完全省略，直接进入主体部分“咱们庄的婆姨数上你（Married women in the hamlet/you are the prettiest）”，做到去象留意。第二组句中的“说你好来本来好”，暗含的意思不是情人眼里出西施，而是她确实生来就美得撩人，所以将其意译为“You're born beautiful”，传达了其中蕴含的意义。第三组句中的“白布衫”和

“黑夹夹”直接译成英语，未做任何替换，充分显示女子很有内涵，懂得服装搭配，颜色相宜，所以令人爱慕如痴，无法控制自己的情感，但是翻译时将人称角度稍做调换，译为“You have stolen my heart”，更符合英语读者的接受体验，也完全与原歌词的深层含义对等。翻译第四组句和第一组句的难题是一样的，就是如何建构起兴句与比拟句的内在关联。笔者不受字面含义和形式的限制，在“柳树叶叶”和“柳树梢”与“我”对“你”的爱恋之间建立了一种合乎情理的联系，同时也从形式上实现了押韵美。

11. 三十六眼帘子镶玻璃

大明星[1]上来一盏灯，
半路的妹子好狠心。

想你想你活不成个人，
打开来洋镜吃水银。

早知道水银闹不死人[2]，
把我们洋镜打得照见人[3]。

再不要说我不想你，
泪蛋蛋哭得和成泥。

三十六眼帘子镶玻璃，
好到一搭难分离。

---

① 大明星：陕北方言，实指长庚星。每天傍晚太阳落山时，西南方的天空就会出现。由于非常明亮，故陕北人称其为大明星。长庚星又叫启明星，黎明前出现在东方天空，被称为“启明”，黄昏后出现在西方天空，被称为“长庚”。

② 闹不死人：陕北方言，毒不死人。

③ 照见人：陕北方言，指镜子被打出一个大窟窿，能看见自己对面的人和物。

The door curtain is sewed with 36 pieces

The moonlight shines on the yard
Where is she who stole my heart

I miss you like crazy
And kill myself with mirror mercury

The mercury does not work
I regret having broken the mirror

I fool myself into forgetting you, honey
But my tears make the earth muddy

The door curtain is sewed with 36 pieces
You and I are connected for keeps

译文浅析：

这是一首流传于陕西榆林神木一带的民歌，歌曲描写了小伙子偶然认识了一位美丽的姑娘，这位姑娘勾走了小伙子的心，但是又不声不响突然离开了，小伙子陷入极度的痛苦中，由于思念心上人，他饮食无味、夜不能寐，自杀还没有成功。笔者在翻译这首民歌时，可以说费尽心思、绞尽脑汁，唯恐不慎将原意歪曲或误导读者。例如，在翻译第一组歌词时，很难将天上的星星和半路相识的姑娘搭建起关系。经过思考，笔者决定通过调整意象来实现意义转换，采用中国传统的“月光”意象来代替“星光”，译成“The moonlight shines on the yard”因为月光使人思念亲朋好友，想念心上人，回忆旧相识，正好与小伙子此时的心境相吻合，只是附加了自己院子的意象，情景比较符合故事的氛围。整体而言，本首民歌的翻译比较成功，以直译传达原生态的“土味”为宗旨，以读者易接受为基本原则，做到两面兼顾。例如，歌词“再不要说我不想你”和“泪蛋蛋哭得和成泥”分别被译为“I fool myself into forgetting you, honey”和“But my tears make the earth muddy”，无论从内容上还是形式上，都可以说比较忠实地再现了原文。再如最后两句：“三十六眼帘子镶玻璃，好到一搭难分离。”翻译这组歌词需要对上句起兴句和下句比拟句建构相互关联，上句的意象门帘是由三十六眼布帘缝在一起的，既美观又紧密地连在一起；而下句憧憬了两位恋人生死相连，难舍难分，所以笔者用了“sewed”和“connected”相照应，将两句从内容到形式恰到好处地连接在一起。

12. 石榴榴开花红又红

百灵灵雀雀绕天飞，
你才是哥哥的说嘴嘴[①]。

哥哥唱的妹妹曲儿，
异口同声一样样儿。

石榴榴开花红又红，
你是哥哥的红火人[②]。

Bright red the pomegranates bloom

The larks are joyfully singing
It is a sign you're coming

We hum a song together
It is as neat as one singer

Bright red the pomegranates bloom
With you I'm forever a groom

① 说嘴嘴：陕北方言，一在嘴里念叨就来的人。
② 红火人：陕北方言，让人高兴，使人愉悦的人，指给人以快乐和幸福的人。

译文浅析：

这是一首流行于陕西榆林府谷一带的民歌，歌颂了两位青年男女炽热、自然奔放的乡土爱情。歌词欢快、流畅，传递出一种亲密但又不失矜持和尊重的爱，在传统的原生态爱情语境下，谱写出一曲洒脱的、有独特审美情调的爱情之歌。陕北黄土高原上的民间爱情，说到底就是敢说、敢爱、敢恨，就像黄土地那么热情奔放、那么火辣辣。爱情中透着黄土高原山大沟深的壮烈美，雨后彩虹的绚丽，也不乏细雨绵绵的温柔。翻译这首陕北民歌比较难，难度同样体现在起兴和比拟的建构上。探究"百灵灵雀雀绕天飞"和"你才是哥哥的说嘴嘴"之间的逻辑关系是第一步，笔者把这两句创造性地译为"The larks are joyfully singing"和"It is a sign you're coming"，其关系是由喜鹊报喜引申而来的。百灵鸟在头顶上空环绕而飞，边飞边唱，传递着一个好消息，预示着"我"的好妹妹即将要来与"我"约会。这样翻译既保留了原歌词意象，也忠实地传达了原歌词的意义。第三组歌词中的"石榴榴开花红又红"和"红火人"之间都突显了一个"红"字，笔者因此把"你是哥哥的红火人"创造性地翻译成"With you I'm forever a groom"，新加了一个"新郎"的意象，以此再现"红火"的程度，表现了好妹子是伴"我"人生、白头偕老、给"我"带来幸福和快乐的"红火人"。

13. 哥哥走来妹妹照[①]

哥哥走来妹妹照，
眼泪儿掉在大门道[②]。

你要走来我要拉，
袄袖子扽[③]下多半截[④]。

走东走西你走去[⑤]，
走在哪搭[⑥]记我着。

I say goodbye to my boy

I say goodbye to my boy
My tears wet the doorway

I tug tightly your sleeve
I don’t want you to leave

---

① 照：陕北方言，看。
② 大门道：陕北方言，就是大门的里外地面。
③ 扽：陕北方言读【dèng】，用力拉，用力拽。
④ 截：陕北方言读【qiǎ】，意思与普通话相同。
⑤ 去：陕北方言读【kè】，意思与普通话相同。
⑥ 哪搭：陕北方言，哪儿或任何地方。

Wherever you go
Remember one who is alone

译文浅析：

这首陕北民歌很受欢迎，旋律凄婉，场面动人，展现了一幅妹妹送哥哥远走他乡打工谋生的画面。妹妹拉着情郎的胳膊，扯着他的袖子，恨不得留住心上人；两人泪水如泉涌，淋湿了脚下的土。这种生离死别的场景在信天游中并不少见，但是这首民歌尤其生动，让人回味无穷，难以忘怀。翻译这首民歌要求译者必须熟悉陕北方言，像“扽下多半截”“你走去”等，字字句句全都是原生态文化元素，不理解这些元素便难以体悟其中蕴含的意思，也就不可能翻译出其中的韵味和意义。整体而言，这首翻译成英文的民歌，前后叙事连贯，上下衔接自然，寥寥几句简单的英文便展现了一个送别的完整故事。“你要走来我要拉”和“袄袖子扽下多半截”两句合成一句，翻译成“I tug tightly your sleeve”，然后根据深层意义加上一句妹子拽衣服的原因，即她想留住自己的心上人（“I don’t want you to leave”），此句不仅不显多余，而且恰到好处，读起来过渡自然，顺理成章。

14. 捎话要捎知心话

墙头[①]高来妹妹低，
照着[②]人家当了你。

对面山上鸦雀[③]喳，
你给我哥哥捎上两句话。

捎话要捎知心话，
就说那妹妹难活下[④]。

Tell him he's the love of my life

The wall blocks my view
So I see him as you

The magpie is calling on the tree
Remember me to him, my sweetie

---

① 墙头：陕北地区的百姓习惯把院子的四周用土墙或石头垒的墙围起来。

② 照着：陕北方言，看见。

③ 鸦雀：陕北方言，喜鹊。

④ 难活下：陕北方言把“下”读作【hà】，“难活”指的是“过得很不好”或者“身体得病”。

Tell him he’s the love of my life
I’m his stay-at home lovesick wife

译文浅析：

这是一首流行于陕北清涧县的民歌，其中的一些歌词在很多其他的陕北民歌中穿插出现。歌曲表达了妹子对远在他乡哥哥的思念，以致把墙头外面的路人当作自己的男人，但男人远在他乡，又不能去看，所以看见树上的喜鹊，便想借喜鹊传递自己的思念之情。生长在陕北这块土地上的人对此情此景一点也不陌生，特别对“喜鹊”等文化元素从小就有认知。这首歌曲的翻译相对简单一些，没有太难处理的东西。“喜鹊”是报喜之鸟，陕北人认为这种鸟通人性，可以向远方的亲人传递心中的思念或者希望，所以笔者就直接将此句译为：“The magpie is calling on the tree/Remember me to him, my sweetie”，其中下句的“Remember me to him”取自英文歌曲《斯卡布罗集市》（Scarborough Fair）中的“Remember me to the one who lives there”的前半部分。“捎话要捎知心话”与上句密切联系，希望喜鹊传递妹妹的“知心话”。那么，妹妹的知心话是什么呢？笔者将妹妹含蓄的情感用直白的英语表达为：“Tell him he’s the love of my life/I’m his stay-at home lovesick wife”——这就是妹妹心中对哥哥的知心话，想通过喜鹊传递表达，希望哥哥不要忘记远在家中等待他的爱妻。笔者自觉译文叙事连贯，符合英文表达习惯，有益于英语读者的理解。

15. 什么人留下个人想人

女：哥哥走来妹子瞧，
　　眼泪滴在大门道[①]。

男：叫一声妹子你不要哭，
　　哥哥起身引你[②]哩。

女：叫一声哥哥你捣鬼[③]，
　　哪一回起身引我哩。

女：你要去来你走去，
　　走在了哪搭记我哩。

女：墙头上跑马[④]不嫌低，
　　面对上面来还想你。

女：墙头上栽树扎不下根，
　　什么人留下个人想人。

---

① 大门道：陕北方言，就是大门的里外地面。

② 引你：陕北方言，带上你。

③ 捣鬼：陕北方言，哄骗。

④ 墙头上跑马：指心猿意马。

男：墙头上跑马掉不转头，
无钱的光棍谁收留。

But why is our love deep rooted

Female: I watch my boy leave away
My tears wet the doorway

Male: Don’t cry please, my dear
I’ll take you along together

Female: I know you lie to me
You wanna make me feel easy

Female: I can’t stop you if you wanna go
But remember me at home alone

Female: You ride a horse in my heart
And make me miss you day and night

Female: Trees in the wall are easily uprooted
But why is our love deep rooted

Male: Don’t worry，my sweetheart
Which woman likes a penniless man

译文浅析：

这是一首流行于陕西榆林地区的民歌。歌曲以男女对唱的形式呈现，像其他信天游一样，比兴运用自如，“跑马”意象重复出现，乡村的“土味”“泥味”十足，散发着青年男女之间朴实的情和意。但翻译这首歌曲非常难，需要进行很大的创译。例如，在翻译“叫一声哥哥你捣鬼”和“哪一回起身引我哩”时，笔者将它们分别翻译为“I know you lie to me”和“You wanna make me feel easy”，上句直译，下句进行了改编，符合哥哥和妹子当时的心理。再例如，“墙头上栽树扎不下根”和“什么人留下个人想人”，上句起兴，下句比拟，笔者分别用“uprooted”和“deep rooted”表示树根轻易拔起和爱情刻骨铭心，前后形成鲜明的对照，达到了最佳关联，而且意义基本上对等。最后一组歌词的上句“墙头上跑马掉不转头”翻译时被彻底改编，舍弃了原来的“跑马”意象，变译为“Don’t worry, my sweetheart”，下句进行了部分直译、部分意译，并且用一个疑问句表达：“Which woman likes a penniless man?”强调“我”一个穷小子有谁会爱上，忠实全面地传递了原歌词所表达的意义，唯一不对等的是，牺牲了押尾韵。这首歌曲在翻译时注重了两个方面：一是注重上下文叙述的连贯和衔接，做到整体上一气呵成，阅读时没有突兀感；二是再现隐含在歌词中的深层意义，通过变译和意译忠实地传达原歌词的旨意。

16. 山丹丹花开背坬坬[1]开

树叶落在树根底，
红火[2]就在二十几。

羊羔羔吃奶双眼眼瞻[3]，
无人心疼我光棍汉。

墙头上跑马还嫌低，
面对面睡下还想你。

青杨柳树冒[4]得高，
越盛[5]越慌好心焦。

山丹丹花开隔沟[6]红，
听见你音声照[7]不见个人。

山丹丹花背坬坬开

---

① 背坬坬：陕北方言，指西北一面的山坡，又称阴面山坡。
② 红火：陕北方言，指青春奔放的年龄。
③ 瞻：陕北方言读【zǎn】。
④ 冒：陕北方言，指长得高大。
⑤ 盛：陕北方言，指住在某个地方。
⑥ 隔沟：陕北方言，整个沟里。“沟”读【kuǒ】。
⑦ 照：陕北方言，看。

有那心思[1]咱慢慢来。

Flowers will redden the north side later

Leaves will fall off trees
I can’t lose my blooming years

A lamb is sheltered by its mother
I’m a single with nobody’s care

You ride a horse in my heart
A second parting seems like a year’s apart

The poplars and willows in the yard
They know little of my restless heart

Flowers all over the hill but no your face
What I hear in the valley is your voice

Flowers will redden the north side later
If I’m in your heart, time is no matter

译文浅析：

这是一首流行于陕西延安的民歌，歌曲将爱情的体验用简练

① 心思：陕北方言，喜欢对方，或对对方有意思。

明快的句子和质朴无华的词汇表达出来，用延安山沟里最常见的“山丹丹花”“羊羔羔”“杨柳树”“背洼洼”等事物表达心中的感情。一句“墙头上跑马还嫌低，面对面睡觉还想你”，充分表现了山沟里的男女青年相互爱恋之深。山村歌曲中并没有细腻高深的词藻，但歌词却简朴、意象贴切。例如，对爱情的吟唱，一句比喻就达到了极致，“面对面睡觉还想你”，还能有比这更深的思念吗？“越盛越慌好心焦”，表达了对所爱之人的一份挂念和记惦，一个“心焦”就说尽了令人寝食难安、心急火燎的思念。翻译歌词时有时也不由产生一种创作的愉悦和快感，例如，“树叶落在树根底，红火就在二十几”英文表达为“Leaves will fall off trees/I can’t lose my blooming years”。不用对照原文，只读译文，觉得很有英语诗歌的节奏和韵味，可以感到春去秋来、叶生叶落的自然生态规律，因此歌中主人公要抓住自己二十几岁的青春年华。前后逻辑连贯，节奏明快舒畅，而且还做到了押韵。再如，“羊羔羔吃奶双眼眼瞻，无人心疼我光棍汉”两句形象地描写了小羊羔吃奶时萌萌的样子。小羊羔得到了羊妈妈的呵护，而“我”光棍一条，又有谁关心？笔者将此译为“A lamb is sheltered by its mother/I’m a single with nobody’s care”，前后形成鲜明对比，而且衔接自然。还有这句“青杨柳树冒得高，越盛越慌好心焦”，笔者斗胆地译为“The poplars and willows in the yard/They know little of my restless heart”。在译第二句时加了“They know little”，就完全把院子里的青杨柳树和“我”的焦急联系起来，而且符合原歌词传达的意义，即院子里的杨柳树挺拔高耸、直冲云霄，它们越高大，就越增添了“我”的心慌意乱，这属人之心理常态，但是草木又怎能知晓呢？

17. 冻冰

正月冻冰立春消[1]，
二月鱼儿水上漂。

水上漂想起奴家[2]哥，
想起奴家哥哥等一等我。

三月里桃花满山红，
四月里杨柳搭凉棚[3]。

搭凉棚呀想哥哥，
想起奴家哥哥等一等我。

五月里葡萄你先尝，
六月里麦子满山黄[4]。

满山黄呀想哥哥，
想起奴家哥哥等一等我。

---

① 消：陕北方言，融化。
② 奴家：我，这里是陕北文化中妇女对自己的称呼。
③ 搭凉棚：指杨柳树枝繁叶茂，都可以挡住阳光，作为歇凉的棚子。
④ 黄：陕北方言，成熟。

七月里仙桃你先尝，
八月里西瓜红沙瓤。

红沙瓤呀想哥哥，
想起奴家哥哥等一等我。

九月里糜谷赛金黄，
十月里荞面饸饹[1]长。

饸饹长呀想哥哥，
想起奴家哥哥等一等我。

十一月沟水冻成冰，
十二月年货摆出城。

摆出城呀想哥哥，
想起奴家哥哥等一等我。

---

① 荞面饸饹【hé·le】：荞面饸饹是一种传统的面食，制作者用饸饹床子（做饸饹面的工具，有漏底）把和好的荞麦面团放在饸饹床子里，并坐在杠杆上直接把面挤轧成长条，再下锅煮着吃。这种面长而且筋道，配上羊肉臊子，吃起来味道鲜美，香而不腻。荞面饸饹尤以陕北吴起和定边的最为地道。吴起和定边的土地以沙土地居多，适宜种荞麦。由于气候和土质原因，这里生长的荞麦不同于内蒙古、河北张家口、甘肃庆阳等地的，吴起和定边生产的荞麦磨成面要比白面还白。吴起和定边的山羊散养，在山里可以吃一种叫作地椒的草，据说山羊吃了这种草没有膻味。

Icing

The Spring melts ice into water
And I see fish swim in the river

Watching the fish cheer in water
I miss my lover

March is adorned by flowers
The April trees look greener than ever

Watching the flowers
I miss my lover

The grapes of May taste sweet
On June the golden field is wheat

Watching the golden field
I miss my lover

The peaches are refreshing on July
Watermelons cool the hot August

Tasting the refreshing fruits
I miss my lover

Autumn sees a full harvest
The farmers' smile is broad

Watching the smile of the farmers
I miss my lover

It is freezing in Winter
The Spring Festival is near

Thinking the Festival is near
I miss my lover

译文浅析：

《冻冰》是一首流行于陕西米脂一带的民歌，是家喻户晓、人人会哼的小调。这首歌曲的翻译比较费时费力，如果不做一定程度的改写，英语译文就会沦为流水账，不过是列出一月至十二月各个阶段陕北农村典型的自然变化，没有诗歌的韵和美，所以笔者做了一些不改变原歌词意义的改编，让译文可唱、可读和可欣赏，既有诗的格律节奏，又有民歌的活泼生动。例如，"正月冻冰立春消，二月鱼儿水上漂"其中的正月、二月都是指农历，大部分时间处在立春过后，所以笔者用"Spring"来代替月份，这样笼统处理，实际上已经把时间暗含在句子中了。歌词中多次出现"想起奴家哥哥等一等我"，表现了姑娘睹物思人，思念自己的心上人，所以译文将反复出现的这一句一律处理为"I miss my lover"。在翻译"三月里桃花满山红"和"四月里杨柳搭凉棚"一组歌词时，保留了"三月"和"四月"而不再继续重复用 Spring 代替，但是将"桃花"和"杨柳"等用大的植物门类表示（flowers, trees），目的是表现树绿了、花开了，只有意象的替换，不损害歌词意义。翻译中改变最大的是这两句："九月里糜谷赛金黄，十月里荞面饸饹长"，除了"九月"和"十月"两个时间用"Autumn"笼统翻译外，还将"糜谷赛金黄"用一个"full harvest"去表现，不得已牺牲了意象，但是丰收的景象也能够让译文读者想象到秋天金色的田野。至于"荞面饸饹长"一句，歌词本意似乎并不是在说面条有多长，而是说丰收给农民带来的喜悦之情，所以译文将此大胆地处理为"The farmers' smile is broad"，用他们辛勤劳动后脸上的微笑替换了原来的意象。

18. 不为看你我不来

牛走大路虎走崖[①]，
我不因为看你我不来。

荞面[②]开花紫杆杆[③]，
单爱妹妹白脸脸。

两挂[④]牛车拉沙蒿，
一对对毛眼眼自来宝[⑤]。

大红被子咱俩盖，
哪怕死了盖条烂口袋。

In order to see you I came here

For food animal go everywhere
In order to see her I came here

---

① 崖：读作【ái】
② 荞面：这里指荞麦，主要产于陕西吴起和定边县一带。
③ 紫杆杆：陕北人将植物的茎叫作“杆杆”，故有“荞麦杆杆”之称。荞麦生长到一个月左右时，其茎部呈现出深紫色，所以被叫作“紫杆杆”。
④ 两挂：两辆。
⑤ 自来宝：指眼睛长得好看，像天然的宝石一样美丽漂亮。

Buckwheat blooms purple
But I prefer the face of my girl

She's my sweetheart
Her eyes are very bright

If we could be a couple
I'd rather go to hell

译文浅析：

这是一首流行于陕西定边一带的信天游。歌词用比兴手法创作而成，起兴的意象都是定边一带农民最熟悉的“牛车”“荞麦花”“沙蒿”和“大红被子”等。翻译时就涉及这些意象的取舍，以及如何建构起兴的意象和比拟的主体之间的关联，做到令译入语读者易于理解。例如：“牛走大路虎走崖，我不因为看你我不来。”笔者将第一句译为“For food animal go everywhere”，将“牛”和“虎”两个意象用一个“animal”取代，而且用动物为了觅食，可以走遍草原，甚至铤而走险这一比喻，巧妙地将第一句与“我不因为看你我不来”搭建了联系。接着笔者通过一个“but”建构起了第二组歌词“Buckwheat blooms purple/but I prefer the face of my girl”。陕北定边的“紫”荞麦花和荞麦杆在夏日阳光下格外显眼，蝴蝶和蜜蜂在花上飞舞，简直就是陕北最美的一道风景线。但是，和妹妹的“白脸脸”相比那就逊色一等。第三组歌词中的“沙蒿”属于定边一带的草本植物，颗粒可以作为食物食用。那么上下句最直接的意义关联就是，妹妹的“毛眼眼”和“沙蒿”都是天然所赐的珍宝，笔者直接用“sweetheart”表现了妹妹在哥哥心中是价值连城的宝贝，上下句实现了很好的关联。处理“死了盖条烂口袋”并不容易，陕北方言要突出表达的意思是，与你一起生活，死了下地狱也不后悔，所以“烂口袋”就用“go to hell”取代，否则会令英语读者产生困惑。

19. 红头绳

三月里的那个桃花俏脸脸红，
想起我那个哥哥我心口口疼。

红个艳艳的头绳辫辫[1]上扎，
扎一对那个蝴蝶给哥哥捎句话。

一心心价[2]我等你你不来，
妹妹直把那鞋跟拧呲坏[3]。

Red string

The peach blossoms everywhere
And my heart aches for my lover

I tie butterfly pigtails with red string
They'll fly to tell my darling

Tell him I miss him days and nights

---

① 辫辫：陕北方言，头上扎的小辫子。
② 一心心价：陕北方言，指专心致志地，焦急地。
③ 拧呲坏：陕北方言，指来回不停地走，（把鞋子）磨烂了。

And watch him at the gate thousands of times

译文浅析：

《红头绳》是流行于榆林三边（定边、靖边和安边）一带的信天游，把三边地带姑娘对哥哥的思念之情表现得生动有力、充沛饱满、细致入微。今天读起来至真至切，这有可能是因为笔者出生和生长在三边地带，对这里的方言、人情和山水不只是熟悉，还有渗透在骨子里的热爱。翻译这首民歌，笔者依然充满感情，希望不只是引起英语读者的好奇，还期待他们能够与榆林三边的风土人情产生心灵的沟通。看到三月漫山遍野的桃花，姑娘春心荡漾，但是心上人远在他乡，所以她不能像春天的桃花绽开笑脸，反而“心口口”被思念的郁结堵得疼痛难忍（my heart aches for my lover）。妹妹用红头绳扎了两个小辫，又在小辫上扎了两只小蝴蝶，希望蝴蝶能够飞到哥哥身边，传达她的思念。翻译这组歌词的时候，笔者故意给读者留下了思考的空间，上句的“I tie butterfly pigtails with red string”交代了一个事实，下句的“They'll fly to tell my darling”需要读者想象，读者应该会想到这时候的两只蝴蝶指的是扎在小辫上的蝴蝶结，这也是姑娘的心思，这样译符合诗歌的写作构思。最后一句的把鞋子都磨破是惯用的一种夸张手法，指的是姑娘一天到大门口看心上人一百遍，所以笔者译为：“And watch him at the gate thousands of times”，应该说与原文在意义上是对等的，稍有遗憾的是，牺牲了意象“鞋跟拧呲坏”。

20. 骑上毛驴狗咬腿

骑上那个毛驴哟狗咬腿，
半夜里来了你这勾命的鬼。

搂住①那个情人哟亲上个嘴，
肚子里的疙瘩儿化成了水。

一碗碗个谷子两碗碗米，
面对面睡觉还呀么还想你。

铡刀剁头也不呀后悔，
只要和那妹妹搭对对。

My dog is barking at midnight

My dog is barking at midnight
It must be him I'm crazy about

I hug my sweetheart and kiss
And all my sadness vanishes

---

① 搂住：紧紧抱住。

Although you have little millet
I find hard to leave you a minute

If we can be mates
I die without regrets

译文浅析：

这首民歌是电视剧《血色浪漫》的插曲，苍凉高亢，热烈悲凉，与剧情相结合，情真意切，酣畅地唱出了爱情的酸甜苦辣，使人听之落泪。这首信天游非常生动，用陕北最常见的家养牲畜“毛驴”来起兴，最具陕北原生态文化的特质。短短四节歌词，但是表现得淋漓尽致、栩栩如生，把发生在陕北山沟沟里的爱情故事描绘得那么率直，但是这种大胆直白又一点不让人感到膈应，相反，让人对黄土地充满了无限遐想和向往。作为译者，要把黄土高坡的爱情原汁原味地传达出去，讲好黄土地的故事，也要关注译文读者的接受程度，做到双方兼顾，恰到好处。例如，“骑上那个毛驴哟狗咬腿，半夜里来了你这勾命的鬼”这两句歌词中的“狗”“毛驴”“半夜”和“勾命鬼”都很重要，不可以忽略，“半夜”和“勾命鬼”反映了恋人的难舍难分；歌词中“狗”咬“毛驴”的描写，简单朴素，情意饱满，描写有力，从狗叫的声音就可以判断心上人来了。笔者保留了这些最具有陕北风情和味道的元素，译为“My dog is barking at midnight / It must be him I’m crazy about”。最后两句歌词，笔者将它们前后顺序调换了一下，而且忽略了“铡刀剁头”等血腥的词语，进行意译处理，虽缺少了陕北汉子那股血气方刚的气势，但深层的意义都传达了，达到了与原歌词基本同等的效果。

21. 莜花开花结穗穗

莜花开花结穗穗，
连心隔水[1]想妹妹。

想你想得着了慌[2]，
耕地扛上饸饹床[3]。

淹死在河里笑死在水里，
谁知道我心里想妹妹。

昌花泉子长流水，
打盹瞌睡梦见你。

你在家里我在外，
各样样心病都叫咱二人害[4]。

---

① 隔水：隔着河流。

② 着了慌：陕北方言，焦急。

③ 饸饹床：是陕北地区专门压饸饹面的工具。床身用粗壮而弯曲的木料制成，现在也有用铁制机械做的，中间有一木芯像活塞一样可上下穿动。老的木头制的饸饹床是在一根木头上挖个杯口粗细的圆坑，坑上下通透，在坑底下钉一块扎满小孔分布均匀大小适中的铁皮或铜板。在饸饹床上方有一根圆柱体，顶端连接在一根轴上，将饸饹床架于锅上，把和好的面搓成长圆形，在水里沾一下，将面填满圆洞，放入饸饹床坑内。木芯置于洞口，然后按住饸饹床的床把，手扳木杠用力下压（挤压），将面从小孔压入开水锅中。

④ 害：陕北方言将患病说成害病。

满天星星没月亮，
害下心病都一样。

Oats blossom and then have ears

Oats blossom and then have ears
I miss my sweetheart and shed tears

I miss you too much like crazy
So I've ploughed the wrong place

Don't laugh at me if I fall into the river and am drowned
Who knows I've been distracted by missing my beloved

Changhua Spring keeps running for years
I dream of you whenever I close my eyes

You stay at home while I'm away
We both suffer from lovesickness everyday

The stars seem brighter than ever
They must know we ache for the other

译文浅析：

这首民歌的翻译值得一谈。这里笔者会按照顺序，分析翻译的思路，以飨读者。第一组歌词非常优美，“莜花开花”了，然后又“结穗穗”，我们看到了春华秋实、四季交替的过程。那么，为什么此时此刻“想妹妹”呢？春去秋来，又是漫长的一年，哥哥心里不由得想起远在家乡的妹妹，不禁泪如雨下，非常自然地建构了关联。第二组歌词生动形象，把哥哥对妹妹的思念用一个既好笑、又容易理解的方式表达出来——“想你想得着了慌，耕地扛上饸饹床”。陷入相思的哥哥竟然背着饸饹床子当犁铧（饸饹床和耕犁外表有一些相似），用英语“like crazy”来表达恰如其分。这组的下句有非常地方化的“饸饹床”，如果保留原来的意象，需要大量注解，所以为方便读者理解，笔者进行了改编，译为“So I’ve ploughed the wrong place”。译文意象虽牺牲，但达到了原来歌词的效果。第四组的“昌花泉子”年年月月流水不止，属于自然现象，这与“打盹瞌睡梦见你”又有什么关系呢？笔者认为只要闭上眼睛，“我”就会梦见“你”，就像昌花泉水一样，对“你”的思念永不间断，醒着想“你”，梦里梦“你”，故译为“I dream of you whenever I close my eyes”。一个“whenever”就构建了它们之间的关系。最后一组歌词中的“满天星星”和下句的“心病”很难联系在一起，笔者对两句都进行了合情合理的改编，上句译为“The stars seem brighter than ever”，保留了“星星”，但舍弃了“月亮”，下句有意加上“they must know”通过建立外部关联把两句联系起来，即星星像明镜似的，它们知道“我们”患的病是相思病，星夜传情，会通过时空传递“你我”的爱恋之痛。

22. 交朋友

豌豆豆开花结龙头，
十八九开始交朋友。

高粱地里带豇豆，
因为上照哥哥踩出一条路。

手扳上墙头脚踩[①]上柴，
因为上照哥哥扎烂奴的鞋。

你在堖畔[②]我在院，
趁不上亲口笑上一面。

太阳上畔黄河红，
假借上搂柴[③]照哥哥。

你是我的情人一搭里来，
不是我的朋友早离开。

---

① 踩：陕北方言读【zá】，意思同普通话。

② 堖畔：陕北方言，读【nǎo pàn】，指窑洞顶上，上面有烟囱，面积很大的堖畔可以种菜。

③ 搂柴：陕北方言，指拾柴火，包括干枯的草、掉落的树枝等。

Dating

The peas begin to bear fruits
The teens begin to make friends

The field grew different crops
For seeing him I trod a path across

I scaled the wall by bundle of sticks
For seeing him I broke my shoes

You're on the roof and I'm in the yard
Inches away but it seems pole apart

The sun reddens Huanghe river
I wish to run into my lover

Marry me if you see me as your part
Leave me alone if I'm not in your heart

译文浅析：

《交朋友》的曲调表达的是一个少年相思、想见少女的急切情状，描写了交朋友的艰辛，甚至为了能够见一眼朋友，少年在庄稼地里踩出一条路。在那朴实无华的陕北劳动人民的日常生活中，表现男女情爱的歌虽然有时感觉夸张，但其不加任何雕饰，不用任何遮掩，给人的感觉就像一碗陕北老玉米酿造的醇酒，原汁原味原生态。翻译这首民歌涉及很多意象，这里需要译者根据情况进行移植、转换或者取消意象，以便更好地实现原歌词的韵味。例如，翻译第一句时保留了其中的“豌豆”，但取消了“龙头”，这里的“龙头”并不重要，就是果实的形状而已，用一个“fruits”表示就可以了。“高粱地里带豇豆”中出现了“高粱”和“豇豆”两种庄稼，但歌词的目的不在叙说庄稼种类，而在告诉我们庄稼地里“踩出一条路”，所以以上信息并不重要，笔者用“crops”一词取代了以上两个意象。但是第五组中的“黄河”是很重要的消息，告诉了我们故事发生的地点，属于翻译中要保留的信息。这首歌词的尾韵押得特别好，节奏感也很强，笔者尽力保留了原歌词的节奏和押韵，使得英语译文和汉语一样朗朗上口。

23. 心锤锤[①]

对畔畔[②]那个圪梁梁[③]上那是一个呀谁，
她就是那个勾人心魂的俊呀么俊妹妹。

白格生生的手儿红格丹丹的脸，
惹得那哥哥丢了放羊的铲。

哎 毛眼眼儿亲，
毛眼眼儿你就是呀哥哥的心锤锤。

哎 毛眼眼儿美，
毛眼眼儿你就是呀哥哥的勾命鬼。

对畔畔那个俊妹妹你呀你了解个谁，
你把哥哥的魂看飞，把哥哥的心敲碎，

忽闪闪[④]的个毛眼眼就是那勾命的线，
扯住哥哥脖子哟，勾住了哥哥的腿。

---

① 心锤锤：陕北方言，心肝宝贝。
② 对畔畔：陕北方言，沟对面。
③ 圪梁梁：陕北方言，低矮小山的山脊。
④ 忽闪闪：陕北方言，眼睛一眨一眨的，形容聪明伶俐。

My baby

Who is standing on the hill opposite
It is you who's stolen my heart

Your hands are fair and cheeks red
I forget my shepherd spade

Oh, my honey
You are my sweetest

Oh, my beauty
You are my heart

Do you know you are my whole
And your eyes take away my soul

I can't wait to fly to the opposite hill
But your charm makes my legs stiff

译文浅析：

翻译这首民歌的感受可以用两句话概括。一是把握民歌的整体叙事，保证译文不要显得零零碎碎，要构成一个整体。译者应尽量做到上下衔接，前后勾连，使文字读起来过渡自然，不会显得做作。为了实现叙事一体，笔者在翻译最后四句时做了大胆改编，先翻译了其中的第一句“对畔畔那个俊妹妹你呀你了解个谁”（Do you know you are my whole），接着将第二句和第三句合在一起进行翻译，因为“你把哥哥的魂看飞，把哥哥的心敲碎”和“忽闪闪的个毛眼眼就是那勾命的线”都在描写妹妹的眼睛勾魂，所以合译为“And your eyes take away my soul”，这样就符合逻辑。然后笔者又根据叙事情景做了适当的改编，将后两句译为“I can’t wait to fly to the opposite hill / But your charm makes my legs stiff”，符合英语的写作习惯，读起来也很自然。二是要保证译文像一首爱情诗，看着对面“圪梁梁”上的小妹妹，“我”的“心敲碎”，妹妹让哥哥心驰神往、如醉如痴，笔者不由得想起一首英文歌曲“Your eyes are killing me”，并做了适当改编，“And your eyes take away my soul”，这样译出来恐怕再合适不过。此外，笔者用抒情诗最常见的格式将中间两组感叹句译为“Oh, my honey / You are my sweetest / Oh, my beauty / You kill my heart”，读起来就像一首英语抒情诗。

24. 尘世上灭不了人想人

金盏盏开花金朵朵，
连心隔水想哥哥。

玉茭茭开花一圪抓抓毛，
想哥哥想得耳朵挠。

走着思谋坐着想，
人多人少没有一阵儿忘。

灶火[①]不快添上炭，
想哥哥想得干撩乱[②]。

远照高山青蓝雾，
这几天才把我难住。

单辕牛车强上坡[③]，
提心吊胆苦死我。

---

① 灶火：陕北方言，烧饭的灶，过去是用土坯垒成的，上面有锅台，下面烧火。现在都是用砖和水泥砌成的，表面上都贴有瓷砖。

② 干撩乱：陕北方言，非常急躁但又束手无策。

③ 单辕牛车：一头牛拉车子。强上坡：非常陡的坡，但是硬着上坡。

To love is human

Spring again I see the marigold blossom
Remote you're but our hearts beat the same

Summer corn sends forth a wisp of hair
I miss you so much that I scratch my head

No matter what I do
I always forget to forget you

Without coal, the fire is going out
But how do you cool the fire in my heart

The fog has wrapped the peaks
I've wrapped by worries these days

Like a cow drawing a cart on the hillside
You see how difficult I pass the day and night

译文浅析：

这首信天游好听而不好译，原因是意象太多，除了第三组“走着思谋坐着想”和“人多人少没有一阵儿忘”是完全实写外，其余各组都是第一句虚写，第二句实写，这给译者带来很大的麻烦，因为虚写的意象如何与实写的找到逻辑关系才是最难做到的。例如：第一句的“金盏盏花”一般春天开花，第三句的“玉茭茭花”是夏天玉米要结玉米棒子时上面长出的红褐色的缨子，了解这些会给译者带来意外的惊喜，因为这两句中的“花开”象征着两个季节：春天和夏天。歌曲唱出姑娘从春天想到夏天，一直都在思念，所以才会由“连心隔水想哥哥”发展到“想哥哥想得耳朵挠”的地步。我们再看第七句和第八句的翻译，第七句“灶火不快添上炭”和第八句“想哥哥想得干撩乱”，从意象到语言再到内容，都是地地道道的陕北原生态风味，不熟悉这里文化的译者一定会陷入苦思，译文也会南辕北辙，牵强附会。这两句歌词是比较难译的，因为首先得找到炉火与心火的关系。笔者发现，锅灶的火少加煤炭就会着得不旺或者熄灭，姑娘的心火怎么去熄灭？笔者将两者的关系建构起来，并巧妙地译为“Without coal, the fire is going out / But how do you cool the fire in my heart”，采用正面反说的手法，很好地表现了关联。还如，第九句和第十句：“远照高山青蓝雾，这几天才把我难住。”歌词里主人公看到青山被大雾紧锁，她的心也被思念的痛苦笼罩。由此，笔者建构了两者之间的关系，译为 “The fog has wrapped the peaks / I've wrapped by worries these days”。我们再看最后两句：“单辕牛车强上坡，提心吊胆苦死我。”牛拉车要上陡坡非常困难，这使赶车的提心吊胆，担心耕牛因此受伤。过去，牛是陕北人民的命根子，全家老小全靠一头牛种地为生，但是姑娘思念哥哥，一句“苦死我”表达了其内心痛苦远胜于牛车上坡，所以笔者处理成“Like a cow drawing a cart on the hillside / You see how difficult I pass the day and night”。这样便取得一举两得的效果。

25. 荞麦圪坨羊腥汤

山羊绵羊五花羊[①]，
羊肚子手巾遮凉凉。

洋布[②]衫儿袖口长，
袖筒里月饼悄悄藏。

边边[③]芝麻中间糖，
妹妹你剥开尝一尝。

口含冰糖喂姑娘，
亲上口小嘴舌尖尖香。

荞麦圪坨羊腥汤[④]，
咱二人死活相跟上。

---

① 五花羊：这里指身上皮毛有多色的羊，又称花羊。

② 洋布：洋布与土布形成对照，土布指手工纺织的粗布。封建社会时期的中国生产力低下，所有的布都要靠手工纺织，而鸦片战争后，随着通商口岸的相继开放，从国外进来的用机器织的表面平纹的布被称作洋布。

③ 边边：陕北方言，指边缘。

④ 荞面圪坨羊腥汤：荞面圪坨是陕西定边、靖边和吴起的特色风味小吃。将荞面加水和好，用拳头踩坚，擀成面片，切成小指头大小的方丁丁，逐个用大拇指向立脚点推动成圪坨状。入锅煮熟后浇上羊肉臊子汤，再加上调料即成坚软润滑、汤鲜味美的地方风味美食。“荞面圪坨羊腥汤”在这里表示圪坨必须有羊腥汤来搭配，才算美味。

Mutton soup and buckwheat noodle

Colorful goats and sheep graze
With a headscarf I shade my face

I wear a blouse loosely made
In the sleeves I hide a moon cake

Filled with sesame and sugar
It's your favorite, my dear

I feed her candy with my tongue
Her tongue makes the world none

Mutton soup and buckwheat noodle
Live or die, we're a couple eternal

译文浅析：

这首《荞麦圪坨羊腥汤》是笔者所译的民歌中最得意的一首，因为这首民歌叙述的就是发生在笔者家乡的爱情故事。笔者生长在三边地带的吴起周湾镇，对歌词中提到的一山一水、一草一木都如数家珍。笔者小时候就在三边地带的山坡上放羊、放牛、放驴，割草、养猪、养兔。自从 20 世纪 70 年代末离开家乡去他乡求学后，便没有机会亲眼再看一看这里的山和水，只是在梦中隐约出现过小时候在山里追蝴蝶、睡在荞麦花地里的情景。所以翻译这首歌，笔者觉得就像自己在用英文创作，即兴而来，很快便完成了译文。笔者这里只举两例便足够说明问题。例如，“山羊绵羊五花羊，羊肚子手巾遮凉凉”。这是开头的两句，这里看到什么羊不重要，歌词只是在告诉我们小伙子在山里牧羊，这里没有他人干扰，正是见妹妹的好时光，陪伴身边的只是山沟、树木、羊群、小鸟和花草，所以笔者将此句译为“Colorful goats and sheep graze / With a headscarf I shade my face”。山羊、绵羊尽情地享受青草的美味，小伙子也遮一会儿阴凉。陕北昼夜温差大，白天阳光炽热，牧羊人中午是不回家的，就在羊群旁杨柳树的树影下歇一会儿凉。再举最后一句:“荞麦圪坨羊腥汤，咱二人死活相跟上。”这是陕北民歌里最有名的句子，但是误解的人也比比皆是，很多人以为这句是形容食物好吃，但其实它是指最好的搭配，或者绝配。笔者即兴译为“Mutton soup and buckwheat noodle / Live or die, we’re a couple eternal”。既保留了原生态元素，同时还把原歌词的深层意义传达给了读者。

26. 鸡叫三遍东方亮

鸡叫三遍东方亮，
我叫哥哥穿衣裳。

你不要慌来不要忙，
小心衣裳差穿上[①]。

哥哥衣裳袖子长，
妹妹衣裳绣鸳鸯。

The rooster crows a new day

The rooster crows a new day
I wake him up without delay

My dear, take it easy please
Don’t wear the wrong clothes

Your coat has long sleeves
Mine is embroidered with love birds

---

① 差穿上：穿错衣服。

译文浅析：

这是一首非常调皮的信天游，叙说了一对恋人幽会的故事。故事简短，但场景描述生动，人物刻画细致入微，又不失调皮。笔者对这首民歌的英译比较满意，自认为基本做到了意义上对等、形式上押韵、结构上优美、节律上整齐。笔者将第一句“鸡叫三遍东方亮”译为“The rooster crows a new day”，虽然并非每个字词都做到一一对应，但是从整体意义的传递来看，没有信息丢失。实写句“我叫哥哥穿衣裳”表现了男女看见天已经亮了，两人神色慌张的样子，所以译文加上了“without delay”，笔者觉得加上这个短语并非只为了押韵，还为了传达原歌词中暗含的意思，担心别人看到，所以一刻都不能耽误。女子劝小伙子“不要慌来不要忙”，符合人之常情，以防慌中出错。笔者也用英语口语“take it easy please”表达了姑娘的话语，应该说表现比较恰当，与下句的“Don’t wear the wrong clothes”衔接得恰到好处。整体而言，译文还原了原文活泼、自然的风格，表现了一对恋人的痴情和率直。

27. 你把白脸脸掉过来

干妹子好来实在好，
哥哥早就把你看中了。

打碗碗花儿就地开，
你把你的那个白脸脸掉过来。

二道道韭菜缯把把[1]，
我看妹妹也胜过兰花花。

你不嫌害臊来我不嫌羞，
咱们二人手拉手一搭里走。

Who can tell your face from them

You are my queen
You took my breath away

The bowl-like flowers bloom
Who can tell your face from them

① 缯把把：陕北方言，绑成一小捆。

The Chinese chives grow light green
You are fair maiden on whom I'm keen

Forget the others' whisper
Let's hand in hand forever

译文浅析：

这首陕北信天游是传统的上下两句式，基本上是上句起兴下句比拟的结构，从语言到内容都是非常原生态的，表现了纯朴、直率的爱情。在翻译陕北民歌时，笔者还是坚持归化和异化相结合的策略，这样既能够保留原生态风味而又不至于生硬。当下很多人都强调，对外宣传应以传递源文化符号为主旨，应以异化的策略进行翻译，努力保留源文化元素，但是如果一味地去以异化的策略来讲故事，而不顾译文读者的接受程度，结果往往会事倍功半。笔者在翻译这首民歌时，起初也是想用异化的策略，但是等到翻译完毕读起来觉得实在生硬，所以最后还是进行了重译，尽量以流畅的、读者能够接受的方式准确地传达原文的意义。例如，"干妹子好来实在好，哥哥早就把你看中了"这句直率表白的话语，其实在告诉姑娘："我爱上你了。"所以笔者上句用英文歌曲名翻译成"You are my queen"，下句也用一首英语歌曲中的话"You took my breath away"表达，基本达到了与原歌词忠实对等的效果。再比如最后一组歌词，"你不嫌害臊来我不嫌羞，咱们二人手拉手一搭里走"。笔者没有用"shy"等中国学生惯用的词汇去翻译，而是将上句意译为"Forget the others' whisper"，换了角度去翻译，效果非常明显，而且可以说与原文达到异曲同工的妙处。当然，为了能够保留原生态风格，同时又不至于拗口，笔者还是以直译的方法进行了翻译，例如，“打碗碗花儿就地开（The bowl-like flowers bloom）”“韭菜（Chinese chives）”“咱们二人手拉手一搭里走（Let’s hand in hand forever）”等。其实，归化和异化策略本来就是一对你中有我、我中有你的策略，只要翻译时杜绝“异而不化”和“归而大化”两个极端，做到正确的融合就可以了。

28. 得病

前村王玉龙，
我二人情意深。

说下他来提亲，
到今天无音信。

莫非是他变了心，
倒叫我翠云挂在心。

Get sick

Wang Yulong is my neighbor
We fall in love each other

He is to propose a marriage
But so far he hasn't appeared

Does he break his word
But I've been hit by Cupid

译文浅析：

这是一首起源于陕西府谷的民歌。歌词描写了姑娘对王玉龙一片痴情，二人约定成亲，但是不知道什么原因，姑娘在约好的时间没有等来王玉龙，焦急万分。我们看到歌词直白地表达了姑娘的心理，这要求译者在英语译文中也要直抒胸臆，用词简洁明了，把姑娘的坦率、利索和魄力表现出来。在整个六句的翻译中，基本上遵守一个规则就是简约、明快，所以除了第六句用了一个“Cupid”典故外，其他用词用句都是直截了当的。为了使译文读起来铿锵有力，做到内容和形式上基本对等，笔者尽力在形式上保留了每组句子之间的尾韵，歌词前后叙事自然流畅，上下衔接紧密。整体而言，本首歌词的翻译以直译为主，只有最后一句“倒叫我翠云挂在心”采用了意译的方法。最初译为“But I care about him”，看似与原句对等，实际上只是字面的对等，对比起来，现在的译文“But I’ve been hit by Cupid”更能贴切地表达原文的深层意义，因为直译只体现了对对方的挂念，没有突出翠云的心里只有王玉龙一人，非常担心玉龙爽约。

29. 巧口口[1]说下些哄人话

三十两银子我买得一匹马，
因为上看你把马跑乏[2]。

十冬腊月下大雪，
因为上看你冻烂我的脚[3]。

你冤枉对我说，
我们那冤枉对谁说？

树叶子落在树根底，
我挨打受气二十几。

红格当当口唇[4]白格生生[5]牙，
巧口口说下些哄人话[6]。

① 巧口口：陕北方言，口齿伶俐，会说话。
② 乏：陕北方言，疲惫不堪，难以继续支持。
③ 脚：陕北方言，读【jué】，意义不变。
④ 红格当当口唇：陕北方言，红嘴唇。
⑤ 白格生生：陕北方言，白皙的。
⑥ 哄人话：陕北方言，一作骗人的话，二作让人爱听的话。

How attractive your teeth and lips

I paid a lot for the horse
It's easy to come to yours

The day was bitterly cold
It froze my feet on the road

You could tell me your pain
To whom should I complain

Leaves fall off trees unwillingly
I hate to stay a moment in my family

You keep your promise
Don't just pay lip service

译文浅析：

这是一首源于陕西米脂的信天游，语言优美，感情真挚，采用了比兴的创作手法。翻译这首民歌着实不容易，歌词叙事的逻辑不好掌握，需要译者反复琢磨其中的发展脉络。从原歌词里，我们得知小伙子和姑娘的家比较远，小伙子为了方便看姑娘，还特意花大钱购买了一匹马，非常令人感动。姑娘每次见到小伙子都向他叙述自己过去 20 年来的悲惨经历，希望小伙子快点娶她，因为姑娘不想再受家里的折磨。这些听起来都是合情合理的。歌词中的一些句子比较难翻译，这里举两例以说明。例如，“树叶子落在树根底，我挨打受气二十几”。上句起兴，下句比拟。笔者建构了它们之间的关系，树叶要凋零，但依依不舍，不愿意离开，还是回到了树根底。而我在家里受尽折磨二十多年，再也不愿意多待一分钟。这里需要说明的是，一些陕北家庭重男轻女，把女儿当长工使用，这就难免出现姑娘抱怨“挨打受气二十几”了。笔者创造性地将下句译为“I hate to stay a moment in my family”，基本上达到了深层意义的对等。歌曲的最后突然冒出两句：“红格当当口唇白格生生牙，巧口口说下些哄人话。” 这让一些人，甚至一些专门研究陕北民歌的学者有时也误解，有人认为前面八句歌词描写的都是两位恋人的经历，后面两句怎么开始描写姑娘的小口红唇，前后叙事不够浑然一体；也有人认为歌词在口口相传时丢失了其中的几句，造成不连贯。这些误解可以理解，但笔者认为这个歌词前后连贯紧密，那些误解实则因为不熟悉陕北方言，陕北方言中有“红口白牙”一说，意思是说话算话。陕北的俗语、谚语丰富多彩，歌曲为了歌唱的节奏，将俗语“红口白牙”改为“红格当当口唇白格生生牙”。笔者将这两句话译为“You keep your promise / Don’t just pay lip service”。这是姑娘担心小伙子哪天变心另找新欢，所以用赌咒发誓的语气说话，相当于“天在上，你红口白牙说的话要算数”。这首民歌的前六句是由小伙子叙述的，后四句是由姑娘叙述的。我们应该能从歌词中感觉到这一对恋人之间有了一些不满和抱怨，也就难怪姑娘会说出最后两句。

30. 说不下日子你不能走

山头刮风起不了尘，
心病难去一个人。

生铜铃铃双缨缨[①]，
什么风刮来老命命[②]。

哥哥走来妹妹瞭，
眼圈花[③]不转泪蛋蛋抛。

拉住哥哥袖子拽住手，
说不下日子你不能走。

When will you come back

The hilltop breeze is dustless
It can't blow away my sadness

The bell is tied with red tassel

---

① 双缨缨：陕北方言，在铃铛上挂的红布或者红丝缨子。
② 老命命：陕北方言，最亲的人，称小孩为老命命，就相当于叫宝贝。
③ 眼圈花：陕北方言，眼泪花。

How lucky I am to have the male

I can’t bear to see you go
You leave me shedding tears alone

I hold your arm tight and ask
When will you come back

译文浅析：

这是一首流行于陕西神木的信天游。歌曲叙述了小伙子要离家远行，姑娘感到非常难过，不愿意看到他离开，以致用了一句陕北最常见的话：“说不下日子你不能走。”不是不让小伙子走，而是想让他尽快安全地回来。在过去，男人为了家庭生计出外揽工，一去就是三年五载，甚至有的一去就是永别。所以姑娘担心、焦虑、痛苦等复杂心情交织在一起，让人听了为之感动。翻译这首歌曲时，笔者心情很激动，似乎这样的场面也亲身经历过，于是毫不犹豫地将“心病”译为“sadness”，一个“悲伤低落”的情绪就把当时小伙子要离开姑娘时的心情全融进去了。同时，在翻译时一些句子用半直译保留了原来的意象，如“生铜铃铃双缨缨（The bell is tied with red tassel）”“拉住哥哥袖子拽住手（I hold his arm tight and ask）”等，也有一些句子采用意译的手法，如“什么风刮来老命命（How lucky I am to have the male）”“哥哥走来妹妹瞭（I can’t bear to see you go）”等。需要指出的是，意译有一定的创新，但是并没有脱离原歌词。这首歌词的译文读起来非常流畅，感觉也像原作一样让人心痛，说明基本上达到了形式和内容的对等。

31. 听见哥哥唱着来

我老远听见马蹄子响，
扫炕铺毡[①]换衣裳。

听见哥哥脚步响，
一舌头舔烂两块窗[②]。

听见哥哥出气声，
一扑二[③]砍我跑出门。

跑到跟前不是个你，
又害上可笑又害气[④]。

---

① 铺毡：陕北人习惯住窑洞，窑洞里一般都有一盘大火炕，平时供家人坐，晚上供家人睡。火炕上面铺着一块大草席，草席上面铺着羊毛擀成的毡。毛毡一般是1.8米长、1.2米宽，0.8厘米厚，有白色的，也有黑色的，都是本身的毛色。

② 舌头舔烂两块窗：过去陕北家户的窗格子都是用草纸糊的，后来改成了玻璃窗户。草纸一沾水就会破洞，所以才有舔烂窗户的说法。

③ 一扑二砍：陕北方言，有时也说"扑看"，意指勇猛做事，有时也指行动有些愣，甚至鲁莽，做事不过大脑。例如，陕北人常言"胡扑砍"，就是瞎干。

④ 害气：陕北方言，意指生气，"害"字是个动词，常见词有"害病（患病）""害娃娃（怀孕）""害口（妊娠）"等。

I hear the singing of my lover

Here comes the sound of horse hoofs
I clean my house and change a new dress

It must be the footsteps of my "brother"
I lick the window-paper to see my lover.

Hearing him breathing clearly
I dash out of my room recklessly

When finding it is not my beloved
I feel ashamed and disappointed

译文浅析：

这首陕北民歌写法独特，构思精巧，由远及近，通过声音描写行为的变化，属于陕北民歌中比较成熟的。翻译这首民歌也需要突出原歌词的创作技巧和手法，表现距离的变化和姑娘心理的变化。笔者没有用"远"（far/distant）、"近"（near/close）等去表现，而是通过不断过渡的描写突出了由远到近的变化。例如，第一句"我老远听见马蹄子响"被译为"Here comes the sound of horse hoofs"，在字里行间表现了远处传来的马蹄声，这样译要比用一些形容词和副词更自然、更流畅。又如，第三句"听见哥哥脚步响"说明哥哥就要快进院子了，笔者通过下句"一舌头舔烂两块窗（I lick the window-paper to see my lover）"的译文很好地表现出来。这首歌词中的方言处理也不能忽视，例如，“一扑二砍”就表现了姑娘不顾一切跑出房门，想见心上人的急切心情即使刀山火海也难以阻挡，笔者用“recklessly”比较恰当地表现了姑娘当时的心态。再如,“又害气”一词的翻译,很多人会照字面译为“angry”,其实这时姑娘很失望，因为进院子的男人不是自己的心上人，刚才的一盆火被浇灭了，所以译为“disappointed”比较准确地传达了原意。

32. 到黑夜想你没办法

白天我想你拿不动针，
到黑夜我想你吹不灭灯[①]。

白天我想你盼黄昏，
到黑夜我想你盼天明。

白天我想你墙头上爬，
到黑夜我想你没办法。

I can’t resist thinking of you at night

Missing you too much day and night
I can’t hold the needlework and blow out the light

Missing you too much day and night
Dawn after dusk, I wish time move with big stride

Missing you too much day and night
I can’t resist but climb the wall to see you inside

---

① 吹不灭灯：在晋北、陕北、内蒙古等地，40年前农民还基本上用煤油灯照明，所以有吹灯一说。

译文浅析：

《到黑夜想你没办法》最早是山西作家曹乃谦写的一部关于晋北农村的长篇小说，描写了村里的男人扭曲的心理状态，这首同名歌曲的歌词能触及人的心灵。后来这首歌曲也被收进了陕北民歌里。歌词淳朴率直，把对心上人的思念表现得生动形象，白天想到连针线都拿不起来，黑夜想得连煤油灯都吹不灭。这是一种什么样的想、怎么样的念，整个人好似着了魔似的，再也无力支撑对心上人的想念。翻译这首简短的民歌比较费心，歌词里的时间一直要在白天和晚上之间转换。笔者采取了总叙与分叙相结合的办法。对整个歌词的每一节以同样的一句开头作为总叙："Missing you too much day and night"，传递了每一节歌词要突出的对心上人日夜思念的痛苦。然后再展开分叙，表现日夜思念的程度。例如，第一组歌词"白天我想你拿不动针，到黑夜我想你吹不灭灯"表现了过度思念以致手无拿针之力、口无吹灯之气。笔者在总叙的前提下，将两者合在一起译为"I can't hold the needlework and blow out the light"。通过一总一分的方法将整组歌词的意义表现完整，而且也符合英文的叙事惯例。其他两组也以同样的翻译方法再现了歌词的意义，而且整首歌词都做到了非常好的押韵，读起来朗朗上口，犹如原歌词一样优美质朴、热情似火。

33. 苦命人找不下个好伙计[1]

羊羔羔吃奶弹（着）蹄蹄，
苦命人找不下个好伙计。

三块块石头两页页瓦，
改朝换代[2]我单（着）另嫁。

撅段这肠子死了这份心，
我不信寻不下个好（着）男人[3]。

三块块石头两页页瓦，
改朝换代我单（着）另嫁。

撅段这肠子死了这份心，
我不信寻不下个好（着）男人。

---

① 伙计：在陕北方言中，伙计有时指雇佣的长工或短工，有时一块干活的男人也相互称伙计，很少的情况下指养家糊口的丈夫，这里正好属于最后一种情况。

② 改朝换代：这个词在陕北方言中指的是世界末日来临，或者天诛地灭。

③ 寻不下：陕北方言，表示“找不到”。

Poor creature, I couldn't find a true lover

Lambs and their mothers are together
Poor creature, I couldn't find a true lover

Stones and tiles stay cold together
I'd rather die than marry a jerk

I prefer a single to living a life in jail
God must find for me a kind male

Stones and tiles stay cold together
I'd rather die than marry a jerk

I prefer a single to living a life in jail
God must find for me a kind male

译文浅析：

这首民歌流行于陕北地区，描写了陕北妇女艰难的生活和不屈的意志，她们不向自然低头，不向封建思想低头，为了生活和爱情与天斗、与地斗，与落后的观念斗。歌词虽然非常短，但是翻译起来并不容易，原歌词中运用了"羊羔羔吃奶弹（着）蹄蹄"和"三块块石头两页页瓦"来起兴，这种随意的起兴与下句的关联建构是笔者比较难处理的。例如，上句以"吃奶的羊羔"起兴，下句以"苦命人找不下个好伙计"实写，一虚一实，毫不相干，完全是劳动人民吟唱时为了节奏效果随口而来的。如果直译的话，目的语读者即使再有想象力，也会觉得莫名其妙，因此，译文需要建构新的衔接，尽力寻找它们之间某种有可能的联系。我们可以联想一种情景，羊羔吃奶时表现得非常快乐和忘我，而苦命的陕北妇女当牛做马，却经常被无情的丈夫抛弃，怎么也找不到一个可靠的、可以托付终身的男人，两者之间便建立起明显的对比关系。看到羊羔在吮吸母亲乳汁时的陶醉之情和幸福之感，可怜的妇女会想到自己无助的现状，所以翻译成“Lambs and their mothers are together/Poor creature, I couldn’t find a true lover”似乎合情合理，读者读起来不会感到突兀。“三块块石头两页页瓦，改朝换代我单（着）另嫁”和第一组歌词一样，也需要建立一种衔接的关系，笔者将“三块块石头”和“两页页瓦”这两个意象直译出来，但是附加了新意。石头与瓦永远待在一起，但它们之间永远是冷冰冰的关系，故译为“stay cold together”，这就为下句做好了铺垫，即如果女主人公再找不到相爱的人，继续过着这样的生活，那与石头和瓦块待在一起不无两样，所以女主人公下决心宁愿永远单身也不再嫁。笔者因此以第一人称的方式处理为“I’d rather die than marry a jerk”。“搬段这肠子死了这份心”表现了女子的愤怒，她大声呐喊，让渣男离她远一点。笔者忽略了原词中“肠子”和“心”的意象，在译文中增加了新意象“in jail”，一来是为了押韵，二来也凸显了没有爱情的婚姻就像一座监狱。

34. 咱们都要死一搭

女：叫一声孩他达[①]，
　　你听为妻说：
　　剜苦菜搂棉蓬[②]，
　　咱能个且且个且[③]。

男：叫一声孩他妈，
　　别在瞎[④]说话。
　　如果不想法，
　　咱们都要死一搭。

We'll be all finished

Female: My man, please
　　Why in such a hurry
　　If there are wild herbs
　　We can't starve to death

---

① 达：陕北人称爸为“达”。

② 剜：用刀子从根上切断。棉蓬：一种生长在陕北的草本植物，耐干旱，喜沙地生长，一般在夏天快速生长，秋天逐渐变黄成熟，颗粒成熟时是纯黑颜色，可以压成面食用。

③ 个且：陕北方言，意思是“凑合着”。

④ 瞎：陕北方言，读作【hā】，意思与普通话相同。

Male: My woman, please
You’re talking shit
If there is no way out
We’ll be all finished

译文浅析:

陕北历史上有几次大的灾荒，最厉害的一次是 1928—1932 年，这次灾荒导致陕北饿殍遍地，人们颗粒无收，卖儿卖女，给陕北人民和陕北生态造成巨大的损害。这首口口相传的陕北民歌叙述的故事没有明确的记载，但是我们可以感觉到这次粮荒造成的妻离子散和家破人亡的惨烈场面。笔者在翻译时，着重突出了原歌词传达的那份残忍、无奈和可怜的基调，尽量用粗俗的、口语化的方式再现原歌词的意境。例如，把“叫一声孩他达，你听为妻说”翻译成“My man, please/Why in such a hurry”。笔者对前后都进行了改译，前句以自己的身份称呼丈夫更合呼英语叙事习惯，后句没有译成“listen to me”，因为根据上下文判断，“你听为妻说”的语用意义就是“你怎么这么急着送孩子给人家”，所以译成“Why in such a hurry”在语用意义上更对等。对于第二组歌词，笔者基本上采用口语化方式进行了翻译，以期与原歌词达到风格上的对等。例如，将“别在瞎说话”翻译成“You’re talking shit”，用了“shit”等俚语再现原歌词的意义。在处理“如果不想法，咱们都要死一搭”时，笔者加入了俚语“We’ll be all finished”表现了陕北方言“都要死一搭”的意思，从形式到内容都比较对等。

35. 揽工人[1]儿难

揽工人儿难，揽工人儿难，
正月里上工十二月里满。
受的是牛马苦，吃的是猪狗饭。

掌柜的打烂瓮，两头都有用，
窟窿套烟筒[2]，底子当尿盆，
说这是好使用。

伙计打烂瓮，挨头子[3]受背兴[4]。
看你做的算个甚[5]，真是个丧门神。

着[6]不得下雨，着不得刮风。
刮风下雨不得安身。
若要安身呀，等得人睡定。

---

① 揽工人：陕北方言，当长工或打短工。柳青《铜墙铁壁》第二章："他说他简单，土地革命那时才十五六，还给地主揽工拦羊哩。" 杜鹏程 《保卫延安》第二章："父亲、哥哥给人家揽工受苦。" 丁玲 《太阳照在桑干河上》："顾涌那时是个拦羊的孩子，哥哥替人揽长工。"

② 烟筒：陕北方言，烟囱。

③ 挨头子：陕北方言，挨批；

④ 受背兴：受气而且丢脸。

⑤ 甚：陕北方言，相当于"什么"，并将【shèn】读成后鼻音【shèng】。

⑥ 着：陕北方言，读作【zhē】，意思是难以忍受。

等得人睡定，半夜二三更。
掌柜的在房里连叫几声—
咱家里黑洞洞，狗日的说大天明。

人家都起身，你还在家中，
灯草骨头懒断了筋①，
急忙穿上衣，天还没有明。

打开后门，安顿②那后人，
子子孙孙再不要揽工，
既是要揽工，死罪直受尽。

Poor hired hands

How hard and bitter to become a hired hand
You work from the first month to the year-end
But not treated as a human by the landlord

If a landlord broke an urn, he said it's lucky thing
'Cause the two pieces are still functioning
The body is for chimney and the bottom for pissing

When it happens to a hired hand, it is another matter
He is cursed as a jinx who can do nothing better

① 灯草骨头懒断了筋：陕北绥德一带方言，表示骨头像灯芯草一样，一碰就断，形容一个人懒惰到不愿站起身来，像筋骨无力的软骨人一样。

② 安顿：陕北方言，嘱咐。

Rainy or windy day, I hate
I can't find an excuse to take a rest
But work away till night late

It is at midnight that I go to bed
But the devil called me to get up
He said day breaks but it's dark outside

The others start out but you stay in bed
You are a lazy bastard
I rushed out to work when it's pitch-dark

I let my sons and daughters remember
Work for the landlord you and your sons never
Once a hired hand, you are slaves forever

译文浅析:

《揽工人儿难》是一首流传在陕北米脂、绥德一带的民歌。在旧社会，那些没有土地的农民就只能靠揽工过活，他们一般情况下给地主或者其他老板打工，很多人是一辈子揽长工，而揽工的辛酸从民歌里生动地表现出来了。为了生存下去，揽工人什么活都得干，顽强地生存着，只要有一线希望他们就不会放弃。民歌运用反复、感叹、隐喻、夸张等多种修辞手法，使得整段歌词生动形象、入木三分，真实地刻画了旧社会揽工汉艰辛的生活。陕北民歌自然淳朴的审美意象如何能让外国读者品味到，而且能够近乎原汁原味，这是讲故事的最难点，也是最有意义的地方。

笔者认为在受众可接受的范围内，应尽力保留民歌歌词中的意象，再现民歌的语言文化特色。翻译这首歌词时，笔者充分考虑了原词中的生活意象，保留了陕北生活中常见的事物，如盛水和腌菜用的“瓮”（缸）、“窟窿”（这里称圆筒状的物体）、“烟筒”（烟囱）、“底子”（容器的底）、“尿盆”“丧门神”等，译文对此做了完全或部分保留，同时经过叙事的连贯和衔接，做到所讲的故事留“异”且“化”，并没有为了保留原歌词的语言形式和原歌词的原生态文化而使译文变得佶屈聱牙。同时，要指出的是，笔者也不是一味地保留原文的所有意象，对有些意向也做了变译。例如，翻译“受的是牛马苦”和“吃的是猪狗饭”就很难保留原意象，因为“牛马苦”和“猪狗饭”这种非人的待遇，对于中国读者来说容易理解，但对于译入语读者来说就难以想象了。笔者完全采用意译的手法将其译为“But not treated as a human by the landlord”，既对等地翻译了原句，也使译文读者能够容易接受。在翻译中，笔者尽力保证这首叙事民歌故事的完整、叙事的上下连贯和衔接，不断地在三种人称上灵活变化，但不会影响读者的理解。

36. 树叶叶落在树根根底

墙头上跑马还嫌低，
面对面睡觉还想你。

阳坬坬[①]糜子背坬坬[②]谷，
哪搭[③]想起你哪搭哭。

前半夜想你吹不熄灯，
后半夜想你打失惊[④]。

想你想成磁人人[⑤]，
抽签打卦[⑥]问神神。

想你想得上不了炕，
崖坬上[⑦]画上你人模样。

想你想得不得见，

---

① 阳坬坬：陕北方言，指面向太阳的山坡。
② 背坬坬：陕北方言，指西北一面的山坡，又称阴面山坡。
③ 哪搭：陕北方言，意思是不管哪个地方，无论何处。
④ 打失惊：陕北方言，指睡觉时做噩梦而被吓醒。
⑤ 磁人人：陕北方言，指失去知觉的人。
⑥ 抽签打卦：陕北方言，指算命占卜吉凶。
⑦ 崖坬上：陕北方言，指窑洞墙壁。

大路上人马全问遍。

想你想得不吃饭，
心火火上来把口燎烂[1]。

手拿上针线不想做，
心里头盘算你就想哭。

想你想得炕皮上爬，
人家造谣说咱害娃娃[2]。

树叶叶落在树根根底，
忘了娘老子忘不了你。

Leaves fall down on the foot of the tree

You ride a horse in my heart
And make me miss you day and night

Sunside slope or the back, dear
I miss you in tear, wherever

How many sleepless nights I had
I stayed up thinking of my beloved lad

① 口燎烂：陕北方言，指口腔上火溃疡。
② 害娃娃：陕北方言，指怀孕。

I suffer from lovesickness
Nobody can cure my disease

Missing you I become weak and frail
I sketch you to watch on the bed wall

Eager to know where you are
I've asked every passerby so far

Missing you put me off food and water
And my mouth is sore and doesn't work

I'm in no mood of sewing
My heart is crying

Missing you I'm sick in bed
But I'm rumored pregnant

Leaves fall down on the foot of the tree
You'll forget world but me

译文浅析：

这是一首流传很广的陕北民歌，叙述了陕北女人对丈夫的思念之情。歌词中有很多形象的描写，例如，"想你想成磁人人，抽签打卦问神神"这些都是经常发生在陕北人家的事情，男人外出赶牲灵或者去揽工，家里的女人难以抵挡孤独、寂寞和思念之情，有时几近害了相思病，以致吃不下饭，睡不着觉，做不了针线活，半夜梦中思念还会“打失惊”，但又不能说与他人，因为会遭来别人的流言和蜚语。翻译这首歌并不算太难，但第一组歌词和最后一组歌词运用了比兴的手法，需要重新建构关联。笔者将“墙头上跑马还嫌低”这句在陕北民歌中常见的起兴句进行了大胆的改编，用中国文化中的“心猿意马”取代“墙头跑马”的意象，因为后者让英语文化的读者不知所云，故译文改为“You ride a horse in my heart”，既保留其中“跑马”的意象，也传达了家中女人澎湃的想思之情，犹如心中跑马不可阻挡。有了起兴句的承起，下句的“面对面睡觉还想你”就相对容易处理，但是否直译仍需斟酌，如果我们直译为“I miss you though we are sleeping face to face”，英语文化读者会诧异不已，认为这个妇女有了心理疾病，所以改译为“And make me miss you day and night”，这使上句表达的“你如跑马一般搅乱了我的心”，在下句有了“使我不思茶饭和难以入眠”这一水到渠成的心理效果，而且从深层再现了思念的情感。其他各组歌词都是实写，再举一例以说明。“想你想成磁人人”表现了妇女由于过度思念丈夫，已经变得呆痴，笔者将其译为“I suffer from lovesickness”，删去了其中“磁人人”的意象，实属为译文读者考虑；而下句“抽签打卦问神神”是家人恐其患上“邪病”，采用各种迷信的手段来为她治疗，笔者同样略去了其中的“抽签”“打卦”和“问神神”三个意象，直接译为“Nobody can cure my disease”，以强调“她”患上了相思病，“抽签”“打卦”和“问神神”等解决不了问题，只有自己的男人归来才能治愈疾病。

37. 我烧火来你捣炭[①]

女：我烧火来你捣炭，
　　谁不知道妹子我没老汉[②]。

男：百灵子雀雀百灵子鹅[③]，
　　你不知道哥哥没老婆。

合：你没婆姨[④]我没汉，
　　咱二人配成婆姨汉[⑤]。

I make fire and you strike the coal

Female: I make fire and you strike the coal
　　You know how hard it is for a single

Male: The male bird sings to the female

---

① 捣炭：陕北方言，用铁锤或榔头工具把大煤块打成小块，便于放进灶火口中燃烧。

② 老汉：陕北方言，指丈夫。

③ 百灵子雀雀：这里有可能指百灵鸟，但在陕北方言中喜欢把禽类的尾巴羽毛中最长的那几根叫作灵子，所以就会出现百灵子雀雀和百灵子鹅的叫法，再加上陕北地区百灵鸟稀少，所以该词所指属于后者。

④ 婆姨：陕北方言，指妻子。

⑤ 婆姨汉：陕北方言，指夫妻。

Do you know I’m also a single

Chorus: You and I are both singles
So we can make a good couple

译文浅析：

《我烧火来你捣炭》是一首短小精悍的陕北信天游，一直流行于米脂、绥德、佳县、神木和府谷一带，男女老少都可以演唱，可见其简单上口。在翻译这首歌之前，先要读懂其中的格调。在这首歌中，男女青年之间的爱情通过一种调皮、逗乐的方式表现出来，读完之后感觉轻松、愉快和满足，不像其他的陕北民歌那样凄婉、沧桑和悲凉。所以，翻译这首民歌，最重要的任务就是传达其中活泼和愉悦的格调，再现民歌所蕴含的轻松、自然、率真的原生态韵味。第二组歌词中的上句“百灵子雀雀百灵子鹅”存在两个意象，并没有实际意义，更多地是在起兴，引出下句的实写，同时也是为了达到节奏明快，与下句合辙押韵的目的。笔者在此只保留了“百灵子雀雀”一个意向，省略了“百灵子鹅”，有一定语义损失，但属于不得已而为之。同时，为了与下句建构关联，将上句的“百灵子雀雀”行为化，将歌词译为“The male bird sings to the female”，增加了百灵鸟通过歌唱求偶这一比喻，引出下句“Do you know I’m also a single”，达到前后呼应，上下联系，这样一来译入语读者理解起来就方便多了，也给原先的起兴用词赋予了恰到好处的意义。

38. 走西口

正月里娶过奴，二月里走西口。
提起你走西口，两眼泪汪流。

哥哥你走西口，小妹妹我实难留。
手拉着那哥哥的手，送你到大门口。

送出了大门口，小妹妹我不丢手。
有两句的那个知心话，哎哥哥你记心头。

走路你走大路，万不要走小路。
大路上的那个人儿多，拉话话解忧愁。

住店你住大店，万不要住小店。
大店里人儿多，小店里怕贼偷。

歇脚你歇小崖，万不要歇大崖。
操心[1]千年石，单等仇人来。

睡觉你睡当中，不要睡两边。
小心挖墙贼，挖到你跟前。

---

① 操心：陕北方言，小心。

坐船你坐船后，不要坐船头。
船头上风浪大，怕掉进水里头。

随人过沙河[1]，万不要独自走。
沙河水流长，让人家走前头。

喝水要喝长流水，万不要喝泉眼水。
怕的是泉眼水，泉眼水上蛇摆尾。

吃烟你自打火，万不要对人家的火[2]。
操心绿林贼，吹入了蒙汗药。

哥哥你走西口，万不要交朋友。
交下的朋友多，生怕[3]你忘了我。

有钱的是朋友，没钱的瞅一瞅。
唯有那小妹妹我，天长又地久。

Leaving for Xikou

You've just married me but have to go
I shed tears thinking you are leaving for Xikou

---

① 沙河：这里不是指横山县的沙河村，而是指各种河流，因为陕北人经常以卷着泥沙的黄河借指河流，故称河流为沙河。

② 吃烟：陕北方言：抽烟。对火：点烟。

③ 生怕：陕北方言，特别害怕。

You're going to Xikou leaving me alone
Grabbing your hands I don't let you go

I hold tight of your hands at the gate
You must remember what I said for your sake

You take not short cuts but the roads
So you can pass your time with other walkers

You stay not in inns but hotels
They're safe and managed well

Don't take a rest under the rock crown
You may be killed by the falling stone

You sleep not the sides but in the middle
In case you'd be attacked by bad people

Keep away from the boat bow but stay on the stern
In case the stormy waves may roll you into water

You'd follow the others to cross a river
No one knows what is under the water

Please drink the stream water
At spring mouth a snake may appear

Do not ask for a light from strangers
You may be overthrown by knockout drops

Don't be disturbed with a woman of charm
I'm waiting for you at home

They love your money not you
It's me who'll become old with you

译文浅析：

《走西口》是流行于陕西、山西、内蒙古、宁夏一带的民歌，已经流传了一两百年，但是各地曲调各有不同，歌词也略有变化，这里选择的是流传于陕北地区的版本。历史上的“走西口”，亦称“走口外”，是指山西、陕西等地民众前往长城以外的内蒙古草原垦荒、经商的移民活动。至于“走西口”中的“西口”的具体地理位置，一直以来众说纷纭，但基本上认同的是山西的杀虎口和呼和浩特。由于走西口的人群庞大，人员复杂，各个群体都有自己心目中的“西口”，总体而言，“西口”实际上也泛指秦晋各地至内蒙古的各个通道隘口。翻译这首民歌，需要熟悉陕北的原生态文化，了解这种文化元素中蕴含的深层东西。例如，在翻译“哥哥你走西口，万不要交朋友。交下的朋友多，生怕你忘了我”这两句时，就需要弄明白“交朋友”在这首歌中的内涵和外延。人是群居动物，交友是生活的一部分。交友的类型可以是女朋友或者男朋友，也可以是普通朋友。歌词中陕北女人担心出门在外的丈夫“交朋友”，特指的是交上“其他女人”，所以不能翻译成“make friends”，而应译为“Don't be disturbed with a woman of charm /I'm waiting for you at home”，基本上对等地传达了妻子在歌中想要传达的意思。在处理“随人过沙河，万不要独自走。沙河水流长，让人家走前头”这两句歌词时，很多人将“沙河水流长”误读为水流湍急，但这句其实是妻子在提醒自己的丈夫，河水深浊，水下也许有什么未知的、危险的东西，故译为“You’d follow the others to cross a river/ No one knows what is under the water”，而没有从字面上去选择“沙河水流长”的对等词。

39. 刮起个东风扯起个蓬

女：你走那天天有些阴[①]，
　　响雷打闪[②]不放心。

女：刮起个东风扯起个蓬[③]，
　　拿起那杆杆[④]你操点心。

男：水流千里归大海，
　　耳不下妹妹折回来[⑤]。

The east wind fill the sails

Female：The day you left home is stormy
　　It makes me worry

Female：The east wind fill the sails
　　Protect you from dangers

---

① 阴：这里指天气阴沉沉的。
② 打闪：陕北方言，指闪电。
③ 扯起蓬：陕北方言，撑起船帆。
④ 杆杆：陕北方言，指船上的桅杆。
⑤ 耳不下：陕北方言，丢不下；折回来：陕北方言，指半路退回来。

Male: All water flows back to the sea
How can I part with my sweetie

译文浅析：

这是一首流行于陕西榆林府谷一带的民歌，歌曲叙述了男人离开家乡外出干活，因过于思念妻子，又半路退回来的动人爱情故事。笔者将第一句“你走那天天有些阴”和下句“响雷打闪”结合在一起进行翻译，因为这两部分都在叙述那天天气变化异常，是一个雷电交加的暴风雨天气。而把爱人“不放心”和舍不得让男人远行的心情单独处理，是为了突出恶劣的天气使家里的女人更不愿让男人离开，一个“worry”使妻子的心理跃然纸上。第二组歌词中的“拿起那杆杆你操点心”并没有具体的意义，只是提醒自己的男人注意安全，所以笔者省去了“杆杆”这个意象，而不至于造成意义的损失，可谓去了象而留了意。第三组歌词是男人的真情歌唱，黄河水流千里万里，最后也要回到大海的怀抱，大海是河流的最终归属，坐在送客人过河的小木船上，看着黄河浩浩荡荡向东流去，男人舍不下家里的爱妻，掉头回家与妻子相聚，像河流回到大海一样，永不分离。笔者在此将原歌词“耳不下妹妹折回来”大胆地翻译为“How can I part with my sweetie”，译文叙事上下连贯，表达自然流畅，情意荡气回肠。

40. 民国十七年

民国十七年，陕西遭年馑。
糠窝窝[1]拌苦菜，越咬越难咽。

大的七八岁，猴[2]的三两岁。
还有一个怀抱抱[3]，谁要给给谁。

叫一声乡长哥，你给我卖老婆。
你看我这窝口人，日子怎么过。

打闹[4]一半斤，毬也弄不成。
叫人家三朋四友，把咱们不当人。

In 1928

Shaanxi suffered from drought in 1928
Chaff bread with herbs is the food they ate

---

① 糠窝窝：陕北方言，用糠做的窝窝头。
② 猴的：陕北方言，小的，排行最小的。
③ 怀抱抱：陕北方言，抱在怀里还不会走路的小孩子。
④ 打闹：陕北方言，费劲地来或弄来。

My three children are all small
I'm ready to give them to rich people

Help me! Your Head of town
Sell my woman or we are all gone

It's no use to borrow a bowl of food
And the relatives belittle me for good

译文浅析：

这是一首流传于整个陕西省的民歌，叙述了陕西人民在1928年遭受灾荒的情景，歌词内容凄惨，让人悲戚哀伤。1928年那场干旱，赤地千里，成千上万的饥民在田野上搜寻草根、树皮充饥。很多人甚至四处捡拾鸟粪，用水淘洗之后，挑食其中未完全消化的粮食颗粒。渭河两岸饿殍遍野，人们卖儿卖女，甚至人吃人的惨剧也时有发生。美国作家斯诺的《西行漫记》，对1928年那场灾难也有过描述："我看到成千的儿童由于饥饿而奄奄待毙，这场饥荒最后夺去了500多万人的生命！"这首民歌用几个特写镜头把当时妻离子散、家破人亡的惨况描写出来。笔者在翻译时，也用直白的话语去表达这场人类经受的劫难。例如，"give them to rich people""or we are all gone""a bowl of food"等等，译文尽力在风格上与原歌词达到基本对等，把灾民的无助、无奈和悲惨表现出来以激发读者深深的同情和悲悯。

41. 出门人儿[①]难

出门人儿难，
我们出门人儿难，
出门人受罪无人管[②]。

出门人儿难，
出门人难，
连皮皮筷子重茬碗[③]。

出门人儿难，
出门人难，
身铺甘草[④]头枕砖。

走不尽的沙漠，
过不完的河，
什么人留下个拉骆驼[⑤]。

---

① 出门人儿：陕北方言，外出打工干活养家的人。

② 无人管：陕北方言，没人关心照顾。

③ 连皮皮筷子重茬碗：连皮皮筷子指筷子用过没有洗，筷头上沾满了干饭；重茬碗指吃过饭的碗未洗而重复来用。

④ 甘草：这里指小麦秸秆或谷子秸秆，铺在地上睡觉可以防潮。

⑤ 拉骆驼：专门为贸易商长途拉骆驼运输货物的行当。

Alas, migrant workers

Alas, migrant workers
For food you wandered everywhere
What hardships do you suffer

Alas, migrant workers
For food you wandered everywhere
You suffer from thirst and hunger

Alas, migrant workers
For food you wandered everywhere
You sleep without bed and shelter

Endless desert we cover
And cross river after river
Who the hell used camel as a carrier

译文浅析：

这首陕北民歌非常流行。整首歌由四节（每节三句）组成，整齐对称，朗朗上口。过去陕北地区生活贫困，很多家庭的男人都要去很远的内蒙古等地打工赚钱，受尽了痛苦和折磨，歌曲大声唱出了出门人的苦痛和泪水。歌词里含有很多陕北的传统文化元素，这要求译者译前必须了解清楚。"连皮皮筷子重茬碗"是指筷子和碗上顿吃饭用完没有刷洗，下顿继续用来吃饭，形容生活贫困潦倒,连洗碗的水都用不起,所以筷子和碗上沾着干了的饭。现在在陕北描写懒惰的人时还用这个俗语，意思没有变化，只是情境和原因都发生了变化。“甘草”并不是用来调制中药的甘草，而是指小麦秸秆或谷子秸秆，据说铺在地上睡觉可以防潮。这些方言词语蕴含的概念在汉语普通话中都难以找到对应的词语，面对英语受众就更要考虑他们的认知习惯和接受效果，所以翻译时需要进行去象或易象处理。“出门人”就是外出干活养家的人，过去指家里贫困无奈而被迫出门找活干的人，在陕北方言中也包含生活辛酸不堪的意思。读过路遥的小说《平凡的世界》的读者对以上这些方言的意思会熟悉一些。在译文中,“连皮皮筷子重茬碗”“甘草”和“砖”都采用了去象留意的处理方法。译文将“出门人”处理成“migrant workers”，读来有点像今天的“农民工”，但又不完全一样。出门人可以受雇给人干活，也可以自己开店养家，所以翻译时不得不采用易象处理。最后一节中的“什么人留下个拉骆驼”一句，是表示出门人抱怨的一句话，相当于“谁创造了这个职业，让我们在沙漠中穿越，受尽了苦难!”出门人希望没有这个职业就好了，因为除了苦和累，一路上还布满危险，朝不保夕。笔者在翻译这句时，加上了“the hell”一词，把出门人对“拉骆驼”这种苦差事的憎恨心理很好地再现出来。

42. 窑顶上的燕子秋去春又归

一尺五的铁锅没下几颗米，
黄土地上就盛[①]不下个你？

窑顶上的燕子秋去春又归，
没良心的哥哥一走不再回。

痴心女子爱上负心汉[②]，
毛眼眼早已把泪流干。

水地的稻子旱地里的瓜，
盼望着早日和你把手拉。

Swallows know to fly back in next Spring

A few millet are in the pot's bottom
Do you forget where you are from

Swallows know to fly back in next Spring
But when will you return? My darling

---

① 盛：陕北方言读作【shēng】，意指生活，有时也指待在某地或者住在某处。
② 汉：陕北方言，丈夫或男人。

Do I fall in love with a heartless guy
Missing you, I've cried my tears dry

Rice in irrigated field and melon in dry land
Let's stay together hand in hand

译文浅析：

《窑顶上的燕子秋去春又归》歌词优美，旋律动听，表现了陕北姑娘对自己爱的小伙子的抱怨、憎恨和期待。因生活所迫，小伙子们不得已去比较富足的宁夏和内蒙古打工赚钱，撇下自己所爱的人。有时一走就是几年，有的客死他乡，有的在外成家，留下家乡的姑娘们无尽地思念。这首歌曲真实地叙说了一个姑娘天天盼望小伙子归来的焦急、痛苦的心情，她担心小伙子在外遇上了新人，不希望这样的事情发生。翻译这首民歌的关键是要找到第一组、第二组和第四组歌词中比兴的关联，在译文中从内部和外部重新建构起这些关系。例如，第一组中的上句“一尺五的铁锅没下几颗米”和下句“黄土地上就盛不下个你”在汉语歌词中没有关联，就是随口起兴以便达到押韵，可是译文中就需要尽可能在保留意象的前提下建构新的逻辑关系，方便译文读者接受。笔者将上句译为“A few millet are in the pot's bottom”，保留了原歌词的两个意象；将下句译为“Do you forget where you are from”，建构了起兴句与比拟句之间的逻辑关系：看到“millet”和“pot”，就不应该忘记“where you are from”，翻译既忠实于原歌词，又实现了上下联系。第四组歌词“水地的稻子旱地里的瓜，盼望着早日和你把手拉”是上句起兴下句比拟，上下句之间没有明显关联，笔者在译文中通过外部关联建构它们之间的关系：“Rice in irrigated field and melon in dry land / Let's stay together hand in hand"，在下句中用了"Let's"将"rice"和"melon"一语双关连接在一起，原歌词得到了忠实再现，译文读者也很容易接受。

43. 魂灵[1]也要跑到哥哥家

爹骂娘骂只管骂，
唾沫溅脸当雨洒。

把奴剁成八疙瘩[2]，
魂灵也要跑到哥哥家。

My soul will fly to my boyfriend anyhow

Dad and mum, however you force your daughter
My mind is made up earlier

Even if you cut my body to pieces right now
My soul will fly to my boyfriend anyhow

译文浅析：

这段歌词除了能在陕北民歌中见到，还能在鄂东民歌、信阳民歌中见到，很难考究谁是源头，谁属于移植，但有一点可以肯定，这首歌传唱久、影响远，唱出了解放前农村妇女的痛苦和愤

---

① 魂灵：陕北方言，指灵魂。
② 八疙瘩：陕北方言，八块。

潇，因此深受广大人民的喜爱。我们知道，中国妇女一般都比较保守，表达感情比较含蓄，在这一点上，信天游截然不同，它直接、坦率、泼辣、炽烈，像一把火烧在黄土高原。这首歌描写了一位陕北姑娘大胆的真情告白，她不顾父母之命誓死追随心上人，表现了她为追求爱情而不畏艰难的精神。如何再现陕北女子的直率和勇敢，是翻译这首歌词的关键所在。译者需要格外注意的是，第一组的两句“爹骂娘骂只管骂”和“唾沫溅脸当雨洒”中，下句是起兴，上句是主体，这与前面翻译的数首歌词有些不同。笔者把第一句做了意译处理——“Dad and mum, however you force your daughter”，将其中的味道表现出来，突出了陕北父母对女儿婚姻的强硬包办，逼迫女儿嫁给她不喜欢的人。把第二句的虚像进行改编，译为“My mind is made up earlier”。译文虽然没有再现“唾沫”和“雨洒”这两个意象，但做到了深层次的对等，因为“唾沫溅脸当雨洒”在陕北方言中就是“不在乎”或“豁出去了”的意思。

44. 喝洋烟[1]

你妈妈打你你给哥哥说，
你为什么要把洋烟喝。

你达达骂你你不要哭，
你该知道你达脾啦气倔。

你哥哥凶[2]你你不要气，
你敢[3]知道你哥那个灰脾气[4]。

Eating opium

Why not tell me your mom hit you
Why killed yourself by eating opium

Please don't cry for his scolding
You know your father is stubborn

---

① 喝洋烟：指吞食鸦片膏自杀。洋烟俗称鸦片。
② 凶：陕北方言读【xiòng】，非常严厉、粗暴的训斥。
③ 敢：陕北方言，相当于“应该”。
④ 灰脾气：陕北方言，脾气不好，很粗暴。

Don’t feel annoyed at his rudeness
You know your brother is reckless

译文浅析：

这首民歌大概描述了一个陕北姑娘在家里不堪被家人打骂，吞食鸦片膏自杀的故事。旧时陕北曾有过种鸦片的历史，身受多重压迫与禁锢的妇女无法摆脱现状，她们常以吞鸦片为弃世方式。故事中的小伙子看着自己的心上人吞鸦片自尽，悲痛至极，便以信天游的方式责怪她为什么想不开做傻事自杀。如果你去过陕北就会理解得更深刻一些，那里有贫瘠的黄土地、鲜活的生命、男声的苍凉、沟壑的回荡。陕北民歌不是简单的叙事，是灵魂的超越。这首歌的翻译就需要把这样凄苦悲凉的情调传达出来，基于此，笔者没有用宏大话语来叙事，而是尽量原汁原味地再现了凄苦哀怨的黄土风情。哥哥看着妹妹冰凉的尸体，痛苦万分，抱怨妹妹不告知自己，实际上在责备自己一无所知，未能拯救心上人的生命。第一句的翻译有必要分析一下，“你给哥哥说”是小伙子与自杀的恋人对话，实际上是虚拟语气：“你应该给哥哥说，可是你没有。”所以，这里译为“Why not tell me your mom hit you”，以真实的句式表达翻译了一个虚拟的表达，合乎语境，而且达到对等。

45. 谁坏良心谁先死

新摘的红豆半蓝蓝，
新交的朋友面粘粘[①]。

井子的担水马勺[②]舀，
我慢慢试验你心瞎好[③]。

一根秆结十二节，
谁坏良心吐黑血[④]。

我坏良心毒蛇咂，
你坏良心变驴马[⑤]。

一碗凉水一张纸[⑥]，
谁坏良心谁先死。

---

① 面粘粘：像面糊一样黏。

② 马勺：陕北方言读作马勺【mǎ shuó】，又称作瓢，用来盛水或者其他液体，有木质的、金属的、塑料的。

③ 心瞎好：“瞎”，陕北方言读作【hā】，指心坏，“心瞎好”指心底好坏。

④ 吐黑血：陕北方言，不得好死或死得很惨。

⑤ 变驴马：迷信说法，指今世做了坏事，来世转为驴和马。

⑥ 一碗凉水一张纸：这是陕北赌咒发誓的手段，发誓人下跪于地，在碗里盛一碗凉水，然后点着黄纸或白纸投进碗里，口里念着誓言，对天或者对神仙赌咒发誓。

The betrayer in love dies earlier

The newly picked peas are in my basket
The newly made friend is in my heart

Water is scooped out a bit a time
Time tests if you love me for life

A straw can't stand without junctions
The one dies evil death without conscience

If I betray you I'll be killed by a snake
If you do, a beast you'll be made

A bowl of water and a piece of paper
They identify who is the betrayer

译文浅析：

信天游《谁坏良心谁先死》更像是一首爱情宣言，没有江南水乡那种花前月下、海誓山盟的浪漫，有的只是炽热直白近乎诅咒的爱情宣言和自己对爱情的坚贞，反映了陕北小伙子和姑娘对爱情的维护。这首民歌的翻译要重视上下句之间的关联建构，比如“新摘的红豆半蓝蓝，新交的朋友面粘粘”，笔者将前半部分分别译为：“The newly picked peas”和“The newly made friend”，这样两个“newly”构成的短语建立了外部的结构关联。再比如：“井子的担水马勺舀，我慢慢试验你心瞎好”，这两句的翻译是通过一个内部寓意关联建构的，舀水需要一勺一勺慢慢完成，你的心好坏也像舀水一样，需要时间来证明。同时，笔者将“time”一词上下重复，这样就把两句紧密地结合在一起，上下衔接，基本做到严丝合缝。还如“一根秆结十二节，谁坏良心吐黑血”，这里的起兴句相当难翻译，笔者保留了“秸秆”，但是对于并不重要的数字“十二节”进行了含糊处理，上下两句通过“without”建构起外部关联，感觉合情合理，秸秆没有节那就无法立起来，人没有良心就会死得很惨。最后一句翻译可谓点睛之笔，一个“They”就起到串联上下、衔接左右的功能，使叙事显得顺畅自然。

46. 要交朋友开口来

骑马要骑大红马，
交朋友要交十七八。

骑马不骑虎条条[①]，
交朋友不交猴小小[②]。

樱桃好吃树难栽，
要交朋友口难开。

要吃樱桃把树栽，
要交朋友开口来。

You love me and let me know

A fine horse is a rider's best friend
A girl about eighteen is my favorite

A horse to ride must be one steady
A boy friend must be one manly

---

① 虎条条：陕北方言，指人不稳重，做事轻浮，也指牲畜不稳当。
② 猴小小：陕北方言，不成熟，像小孩子一样。

A cherry is good to eat but hard to grow
I love you but how to let you know

A cherry is good to eat but hard to grow
You love me and let me know

译文浅析：

这首民歌的翻译难点还是如何寻找上下关联。虽然很多句子在不同的陕北民歌里出现过很多次，但在不同的歌曲里会有不同的语境，甚至会有不同的寓意，这正是翻译的难度和翻译的最大乐趣。笔者所做的就是一项创新性工作，这样的创新创作是一件很幸福的事情，让人回味无穷。例如“骑马不骑虎条条，交朋友不交猴小小”，虽说两句有一定的联系，其关联建立在方言“虎条条”和“猴小小”两个现象上，两者都指不够稳重，有些轻佻，作为马当然不是骑士的理想坐骑，作为男人也不是姑娘的最佳选择。尽管找到二者的关联，但是要考虑到译文的节奏和美感，还是不好处理。笔者用反话正说的方法翻译了这两句“A horse to ride must be one steady / A boy friend must be one manly”。这样一来，关系就从内部和外部搭建起来了，而且达到了诗歌审美的效果。最后四句的处理可以说环环紧扣，用英文诗歌的形式充分展现了陕北小伙子和姑娘直率、质朴的表白方式，读起来朗朗上口，且原歌词中的豪放、泼辣劲儿也跃然纸上。例如，“I love you but how to let you know”和“You love me and let me know”合在一起看，就是两位恋人的对话和简单的表白。本首歌曲的翻译难度比较大，需要译者有充分的想象力和再创作能力，否则译文会不知所云。整体而言，这首歌词的译文不仅传递了原歌词蕴含的深层意义，而且很好地再现了原文的原生态话语风格。

47. 达达[1]妈妈你好狠心

达达妈妈你好狠心，
把我送到那红火坑[2]。

早知道你家活不成个人，
早死二年我早转生。

Dad and Mum! You are cruel

Dad and Mum! You are cruel
You make my life a living hell

If I knew I'd be enslaved after marriage
I'd rather die two years earlier

译文浅析：

这是流行于陕西府谷的一首民歌，仅仅四句歌词就向读者展示了一幅完整的图画。父母亲以包办婚姻解决了女儿的终身大事，狠心地将她嫁给了一个不爱她的人。丈夫对她虐待和欺凌，无助

---

① 达达：陕北方言，爸爸。
② 红火坑：陕北方言，指人间地狱。

的女主人公只能以死来摆脱婆家的奴役。歌曲表现了一场个体的爱情悲剧,但反映的却是妇女在封建传统下没有自由、没有人权、任家庭摆布、任社会宰割的主题。虽然只有四句，但翻译难度丝毫不亚于一首长篇幅的民歌。例如，“把我送到那红火坑”，陕北人爱用“红火坑”比喻跳进了十八层地狱，如果将其翻译为“You make my life a jail”，就很难体现主人公受苦程度之深，因此宜将“jail”修改为“living hell”方能尽力表现“红火坑”之悲惨酷虐。“活不成个人”是指被像牲口一样虐待，陕北的妇女出嫁到婆家后，每天要承担挑水、扫地、推磨、碾米、放羊和喂猪等几乎所有的事情，所以将此句译为“enslaved after marriage”。这个译文比较忠实地传达了原歌词的深层意义，遗憾的是，没有和下一句的“earlier”押韵，但为了内容的忠实，音韵上的追求也就退居次位了。

48. 对面山上金鸡叫

对面山上金鸡叫，
照见娘家的柳树梢。

柳树梢上金鸡叫，
我的难活[1]谁知道？

The golden rooster is calling on the hill

The golden rooster is calling on the hill
It is in the willow outside my parents' home

The willow is a few yards away
But do my parents know my pain

译文浅析：

读者读到这首民歌歌词也许会非常压抑，歌词中的妇女嫁到附近的村庄，离娘家也就一步之遥，但是不能让父母亲知道自己的痛苦和煎熬。在旧社会，妇女地位很低。常言道：“嫁出去的姑

① 难活：活得痛苦或者身体患病。

娘泼出去的水”，即使女儿在婆家遭到虐待甚至被杀害，娘家也只能默默悲伤却无权过问。何况娘家的父母也认为姑娘受气回到父母家是对家门的辱没，致使很多妇女宁愿被活活折磨死，也不愿让父母知道。第一组歌词:“对面山上金鸡叫，照见娘家的柳树梢”，女儿看见娘家门前的那棵大柳树，听见柳树梢上的大公鸡在打鸣，她多么想回到母亲的身边。笔者采用直译手法进行翻译，先点出了“The willow outside my parents' home”作为背景，为下文做好了铺垫。后面两句进行了创造性的翻译，将“柳树梢上金鸡叫”译成“The willow is a few yards away”，但这个创新并不是胡诌，既然她连公鸡叫声都听得见，当然距离很近。最后一句“我的难活谁知道”，女儿过着痛苦的生活，所以她发出凄苦的哀怨，没有人知道她过着暗无天日的生活。但仔细读就会发现，女儿心中怨恨父母把她嫁到这家，父母哪里知道自己每天忍受的罪，这是女子对社会不公的控诉和呐喊，对婚姻自由的向往。一句英文“But do my parents know my pain”足以表达女子内心无声的责备。

49. 井口口唱曲拉几句话

马儿不吃回头草，
过路的朋友不能交。

好马不喝上梁水[1]，
好妹妹不交洋烟鬼[2]。

好死的[3]咸菜不如盐，
好死的朋友不如汉。

人凭衣衫马凭鞍，
婆姨[4]凭的是男子汉。

朋友交在门边边好，
门边边的朋友露水地草。

① 上梁水：陕北方言，屋顶上流下来的水。
② 洋烟鬼：陕北方言，沉迷于吸食鸦片的人。
③ 好死的：陕北方言，非常好的，没有比这再好的。
④ 婆姨：陕北方言，妻子。

Have a word with you at the well

A good horse eats fresh grass only
A good girl takes her marriage seriously.

A good horse drinks no roof water
A good girl won't marry a opium eater

Pickle isn't salt, however salty it is
Your man is better than your intimates

It is clothes that make the man
A man can make his wife a new one

Make a boy friend living nearby
You know his face and heart clearly

译文浅析：

这首民歌在陕北地区被广泛传唱，近乎家喻户晓。歌词有很多类比的说法，翻译起来很困难，需要译者有足够的想象力，否则翻译出的英文便牵强附会，甚至会出现汉语式的表达。在此一一举例说明，以飨读者。例如，第一组歌词“马儿不吃回头草，过路的朋友不能交”就比较难翻译，前句说的是马喜欢吃新鲜草，而后句的意思是结婚要找知根知底的人，两者似乎关系很远。由于难以建构内在关联，笔者无奈最后采用结构上的关联，上句用

“eats fresh grass only”，下句用“takes her marriage seriously”，从外部形式建构了关联。第二组句译得比较满意，起兴句和比拟句达到上下呼应、前后一体，好女人犹如好马不喝上梁水一般不嫁给烟鬼。下一组歌词中“咸菜”虽好，但是也不能取代盐，朋友亲密无间，也不可能如丈夫一样对你呵护，通过内部关联建构了它们之间的联系。再如“人凭衣衫马凭鞍，婆姨凭的是男子汉”衣服可以改变一个人，一个好丈夫也可以不断挖掘出妻子潜在的美，让妻子重放光芒，所以译文“make his wife a new one”就与“clothes that make the man”起到了同样的效果，而且都用英语中常用的口语去表达。最后一句“门边边的朋友露水地草”就比较难理解了。原歌词想表达的意思是门边的朋友比较了解，甚至了解得很透彻，透彻到就像你看到沾满露水的青草，晶莹透亮，一眼就能看透。在翻译这句时，笔者有意忽略了“露水地草”这个意象，将第一句进行了解释和扩展，虽说意象缺失有些遗憾，但整体是对等的。

50. 出门人儿谁心疼

太阳出来一点点红，
出门的人儿谁心疼。

月牙出来一点点明，
出门的人儿谁照应。

羊肚子手巾三道道蓝，
出门的人儿回家难。

一难没有买冰糖的钱，
二难没有好衣衫。

天上的星星三颗颗亮，
出门的人儿谁照应。

天上的星星三颗颗亮，
出门的人儿好凄惶[1]。

---

① 凄惶：陕北方言，可怜。

Who cares about a migrant worker

The sun rises earlier
Who cares about a migrant worker

The moon rises earlier
Who cares for a migrant worker

Seeing the blue white handkerchief
He misses his children and wife

He thinks home in mind only
He can’t afford a present for his baby

The bright stars live together
Who cares for a migrant worker

The bright stars live together
What a miserable life for a migrant worker

译文浅析：

《出门人儿谁心疼》是一首流行于陕北榆林的信天游，描写了在外打工者经受的生活折磨和他们对家里妻儿老小的思念之情。歌词哀怨、凄婉，是打工者在他乡发出的无奈、无助的呐喊。这首民歌着实难翻译，首先不好处理的就是数量词，有“一点点红”

“一点点明”“三道道蓝”“三颗颗亮”“一难”“二难”等。除了“一难”和“二难”具有实际所指外，其他数量词都是虚指，主要目的是为了起兴，同时做到与下句押韵，所以翻译时可以不予太多考虑。例如，“太阳出来一点点红”，笔者没有译成“The sun rises and east is slightly red”，而是简单地译为“The sun rises earlier”，而且“earlier”不只是为了押韵，主要是从意义上与“一点点红”对等。早晨刚升起的太阳，在东方的天空泛起了一抹微红。再如，“羊肚子手巾三道道蓝，出门的人儿回家难”在翻译时忽略了数字“三”，因为“三道道”“四道道”都无所谓，只是一块多色的毛巾或手帕，所以译为“handkerchief”。至于“一难”和“二难”的处理，笔者把两难合为一，处理成“He can’t afford a present for his baby”，主人公只能思念家，而身无分文不能回家。“天上的星星三颗颗亮”是不符合现实的，其实天上的星星还是那么多，只是小伙子在外揽工干活，在风沙漫天的日子里，夜晚用肉眼只能看到零星的几颗星星，所以句中的“三颗颗亮”指的是三颗星在一条线上的“狮子座”，陕北人习惯叫“三星”。笔者忽略了“三颗颗亮”，直接描述了三颗星的星位“The bright stars live together”，基本上实现了意义对等。

51. 我男人倒叫狼吃了

对面价[1]沟里拔黄蒿[2]，
我男人倒叫狼吃了。

先吃身子后吃脑[3]，
倒把我老奶奶害除了。

黑里[4]吃了半夜埋，
头明[5]做一双坐轿鞋[6]。

My man was killed by a wolf

My man is gathering firewood
I wish he'd be killed by a wolf

Nothing remains of him but bones

---

① 价：陕北方言，用于描写山和沟的量词，比如一价山、一价沟。
② 黄蒿：一种生长在黄土高原旱地和沙地的野草，呈现黄绿色，易燃烧，易再生，耐干旱。
③ 脑：陕北方言，这里指头。
④ 黑里：陕北方言，黄昏后，天刚黑。
⑤ 头明：陕北方言，到天亮时。
⑥ 鞋：陕北方言读【hái】。

Thanks for helping me free from pains

I'll bury your bones at night, and make
A pair of wedding shoes before daybreak

译文浅析:

这是一首流行于陕西延安的民歌，与其他表现男欢女爱的民歌相比，应该属于非主流，但正是这些为数不多的非主流陕北民歌，让我们了解到陕北妇女对“父母之命、媒妁之言”式的包办婚姻的强烈反抗。歌词中表现了农村妇女强烈的斗争精神，她们虽然没有办法逃离封建社会的桎梏，但是在心里期盼着妇女解放和婚姻自由的实现。陕北民歌审美品位源于生活本身的审美潜力，潜力的焕发又源自听说者的审美。民歌的叙事不同于故事的表述，情节的省略和疏漏是不得不放弃的遗憾，为弥补这种遗憾就要将事件的叙述推向片面的极致，以达到吸引人的目的。这首民歌就是抓住了一些片面叙事进行高潮推进，用只言片语概述了一个完整的故事。翻译这首民歌是一个比较冒险的事情，因为英语读者读到这样的歌词会觉得歌中的女主人公对丈夫的诅咒过于残忍，有可能读到最后一句“头明做一双坐轿鞋（A pair of wedding shoes before daybreak）”，更会觉得这个妇女对婚姻不忠，应该受到法律和道德的审判。为了避免这些误读或误解，这个注解是非常必要的，翻译外延所承担的释义价值在此便体现出来。

52. 你要走来我要拉

女：你要走来我要拉，

　　袄袖子[①]扽下[②]多半截[③]。

女：叫一声哥哥你不要恼[④]，

　　我给你拿起洋线撩[⑤]。

男：不是说哥哥恼你[⑥]啦，

　　咱门外前[⑦]有人啦。

合：三千人多来一个人少，

　　两个人盛下[⑧]正好好。

合：无根蔓蔓无根草，

　　红火[⑨]不在人多少。

---

① 袄袖子：陕北方言，棉袄袖子；

② 扽下：陕北方言读【dèng】，用力拉，用力拽。

③ 截：陕北方言读【qiǎ】，意思与普通话相同。

④ 恼：陕北方言，生气。

⑤ 洋线撩：用洋线手工缝补，洋线指非手工织出的线。

⑥ 恼你：陕北放言，跟你生气。

⑦ 门外前：陕北方言，门外边。

⑧ 盛下：陕北方言读作【shēng】，指待在某地或者住在某处，这里指待在家里不干活。

⑨ 红火：陕北方言，热闹。

合：要叫我唱曲也不难，
唱曲容易得调难。

To leave you home I drag your arm

Female: To leave you home I drag your arm
And pull down your sleeve half

Female: Please don't get angry with me
I sew it for you now, Sweetie

Male: I'm not angry at you! Dear
I'm afraid they spread rumor

Chorus: I feel lonely with the whole world
But I am happy when we stay together

Chorus: The rootless grasses drift and die
Without you who can make me high

Chorus: It's easy for me to hum a tune
But find hard to sing without you

译文浅析：

这是一首流行于陕西延安的民歌，描写了一对恋爱中的男女难舍难分、恋恋不舍的情景，哥哥要离开，妹妹不放手，一不小心撕破了哥哥的棉袄袖子，场面感人，似有生离死别的感觉。翻译这首民歌时有几处要注意，例如，要正确理解“咱门外前有人啦”这句歌词，它不是要表达外面有人偷听或者有人经过，而是怕别人说闲话，所以应该译为“I'm afraid they spread rumor”，这才与原文的意义达到完全对等。再如，“三千人多来一个人少，两个人盛下正好好”，这两句理解起来也不容易，很多人就会照字面翻译，美其名曰：保留中国传统文化元素，其实是没有真正理解原歌词。“三千人多”和“一个人少”不是实际的数量表达，歌词告诉我们，二人世界才是最理想不过的。鉴于此，我们不能照字面直译，否则只能被人当作笑话。笔者翻译为“I feel lonely with the whole world”，看似与原句相差甚远，实际上读懂深层意义的读者会发现这完全符合英语的表达习惯，从深层意义上与原句对等。另外两句“无根蔓蔓无根草”和“红火不在人多少”，上下两句毫无关联，只是为了起兴和押韵而已，这样就需要建构起兴句和比拟句之间的逻辑关系。笔者认为“无根蔓蔓”和“无根草”隐含着一种使人怜悯其孤独飘零、随处死亡的内涵，这样一来就与下句建构了关联，即没有“你”在“我”身边，我就像那无根的野草随风飘荡。通过建构关联，笔者将其译为“The rootless grasses drift and die/Without you who can make me high”，读者会容易接受，同时也准确地传达了原歌词的意义，并与原文一样实现了押尾韵。

53．年轻人唱曲子解心焦

羊肚子手巾水上漂，
年轻人唱曲子解心焦[①]。

山曲好比没梁子儿斗[②]，
甚会儿想唱甚会儿[③]吼。

不唱酸曲[④]儿不好盛[⑤]，
唱上酸曲想情人。

He sings to forget worries and care

The towel flows freely in river
He sings to forget worries and care

Countless tunes are in my heart

---

① 解心焦：陕北方言，解梦。

② 没梁子儿斗：陕北人用的一种量粮食的器具，是倒梯形形状。斗一般中间有一根高于口面的梁子，作为手抓的柄，歌词里的“斗”的中间没有横梁。虽然各地所用名称一样，但是容积的大小不一。

③ 甚会儿：陕北方言，什么时候。

④ 酸曲：陕北方言，情歌。

⑤ 盛：陕北方言读作【shēng】意指生活或过日子。

Whenever I want I scream out

I feel lonely without love songs
But I miss my lover once I sing

译文浅析：

这是一首非常“酸”的信天游，所以又被称为“酸曲”或“山曲”。酸曲在陕北人的眼里就是“暧昧”的代名词，用一个“酸”字就将男女之间缠缠绵绵的情感表达得淋漓尽致。“酸”是当地文化形态的一种体现，是生长在这块土地上的人们的情感宣泄。独特的地理环境、独特的人文底蕴，造就了陕北这块土地上更加独特的人文气息：土得掉渣、大得雄奇、美得撩人、酸得带劲。陕北民歌唱起来给人的感觉是甜中带苦、苦中蕴辣、辣中含酸、酸中有笑。笔者在翻译时面临几个难点：一是需要确定叙述者是小伙子还是姑娘。根据陕北人的话语习惯，“年轻人”通常指小伙子。二是起兴句和比拟句的关联建构。比如，“羊肚子手巾水上漂”与小伙子焦虑忡忡之间到底有什么联系呢？笔者发现，小伙子看着毛巾在水上可以自由自在地漂浮，而自己在外孑然一身，心上人远在他乡，只能思念，便借歌曲诉说衷情，以忘记心中的苦涩和担忧（sings to forget worries and care）。三是需要在对陕北文化元素充分了解的基础上进行翻译。例如，用“没梁子儿斗”比喻酸曲取之不尽、唱之不完（countless tunes），随时想起自己的心上人，随口就来。笔者没有将歌词中的“没梁子儿斗”刻意翻译出来，而是进行了意译处理（Countless tunes are in my heart），这样不会给译文读者带来文化障碍，有利于接受和传播。

54. 为人倒把良心卖

为人倒把良心卖，
平地上倒把腿闪坏[1]。

你是我朋友你调一调转头，
不是我朋友你扬长走[2]。

我给你做上一双八眼的鞋[3]，
路上路下看我来。

走到东走到西走到哪搭去，
走到哪搭记我着。

If you find a new partner

If you break your word
You'll be punished later

Love me, you turn around

---

① 腿闪坏：陕北方言，一趔趄，腿疼或者腿部骨折。
② 扬长走：陕北方言，一直往前走，不要停留。
③ 八眼的鞋：布鞋口上有八个眼，一面四个，系鞋带用。

Or you go straight ahead

Wear the pair of shoes I sewed
It reminds you to see the beloved

Wherever you go, my dear
Keep me in your heart ever

译文浅析：

《为人倒把良心卖》是一首源于陕西延安的信天游。这首歌的翻译基本上采取意译的手法，因为很多地方特色的文化很难通过直译保留下来。例如，“为人倒把良心卖”，这是延安人民常用的俗语，指的是像陈世美式的人物背叛了爱情。这首歌词记录了两个恋人之间离别时的交谈，他们要求对方不能另有相好，不能违背当时的承诺，故将首句译为“If you break your word”。第二句接着描写了坏良心的后果，即使在平地上走路都会扭伤腰腿，这就是一种违背良心后的惩罚，故用“punish”来表达陕北人原始、质朴的伦理观。下面两句也是延安人常言的：“你是我朋友你调一调转头，不是我朋友你扬长走。”延安人非常直率，延安姑娘豪爽泼辣，她们在喝酒的时候会与你说：“是朋友就喝，不是朋友就去（kè）。”她们谈情说爱的时候，也讨厌男人磨磨叽叽的，所以唱出这样的歌词并不奇怪。笔者也用质朴无华的英语表达了姑娘的心情：“Love me, you turn around / Or you go straight ahead”。虽然延安姑娘粗犷豪爽，但她们的内心世界很丰富，粗中有细，对男人的关心是无微不至的。例如：“我给你做上一双八眼的鞋，路上路下看我来。”她们将自己的爱情缝补在鞋底上，扎进鞋眼里，看着妹妹做的鞋，不管哥哥走到天涯海角也不会忘记妹妹，即无论“走到东走到西走到哪搭去，走到哪搭记我着”。笔者直接移植一句英语歌词表现了妹妹的心思：“Wherever you go, my dear / Keep me in your heart ever”，让英文读者也能在阅读中了解一个热情豪爽、性情率直的陕北姑娘，如闻其声，如见其人。

55. 千说万说你不听

螺牛牛[①]开花阳坡青，
我年时[②]见罢到如今。

千说万说你不听，
你把吆脚[③]当营生。

吆脚不胜[④]你买上一头牛，
买牛不胜你交友。

交友不胜你买上一群羊，
买羊不胜你娶婆娘。

娶下婆娘扎下根，
交下朋友一场空。

---

① 螺牛牛：一种生长在陕北地区特别是三边地带的草，这种草长得很矮，根部结着白色的果实，果实呈菱形状，剥了皮可以食用。

② 年时：陕北方言，去年。

③ 吆脚：给搞长途贩运的商人赶牲口。

④ 不胜：陕北方言，抵不上。

I persuade you to find a job

A new spring comes here
I've not seen you for a year

I persuade you to be casual labor
But you choose to be a mule-driver

Driving mule is less profitable
Why not breed cattle

A cattle is not easy to feed
Why not raise a flock of sheep

Raising sheep makes a good life
But good life needs a wife

A wife is better than friends
She shares with you joys and sorrows

译文浅析：

这是首源于陕西定边的信天游。这首民歌歌词环环紧扣，运用了顶真的手法，用上句结尾的词语作下句的开头，读起来语气贯通，结构紧凑，突出了事物之间相互依存的有机联系。这样的歌词不是太容易翻译，笔者不能像汉语歌词那样在表层结构上做到前后联珠，上下蝉联，只能在意义上前后关联，上下环扣。例如，笔者在翻译“你把吆脚当营生”与下一句“吆脚不胜你买上一头牛”时，前句用“be a mule-driver”，后句用“driving mule”，基本上达到了环扣。下面也依次做到联珠，例如，“breed a cattle”“A cattle is”“raise a flock of sheep”“raising sheep”“needs a wife”“A wife is”等，基本以上句的结尾作为下句的开头，但是受英语语言的逻辑形式和表达内容的要求，下句开头并不是简单重复上句的末尾，而是根据句意和英语的表达习惯做了适当的变化。整体翻译读起来，仍然朗朗上口。

56. 脚夫调[1]

三月里（那个）太阳红又红，
为什么我赶脚的人儿（哟）这样苦命。

我想起（的个）我家心伤透，
可恨（那个）老财主（哟）把我逼走。

离家到（的个）如今三年整，
不知道我的妻儿可是（哟）还在家中。

我在（的个）门外你在家，
不知道我的娃儿可在（哟）干些什么[2]。

Tune of transporters

The March sunshine feels warmer
How ill-fated I'm as a transporter

---

① 脚夫：旧社会对搬运工人的称呼。在陕西、甘肃、内蒙古、山西、青海一带，过去有靠赶着骡、驴、马等牲畜帮人运输的人，这种人被称作“赶牲灵”或“脚夫”。“脚夫”的生活很困苦，走南闯北，翻山越岭，风餐露宿，一走就是十几天或数月、数年，全凭两只脚谋生糊口。

② 什么：陕北方言读【shén mɑ】，所以与上句的最后一个字“家”押韵。

My heart aches for my family night and day
The devil landlord cruelly forced me away

Over three years away from home
Has my wife remarried or lived alone

I've got no message from my family
Does everything go well with my kids

译文浅析：

《脚夫调》流行在绥德、米脂一带，它以高亢有力、激昂奔放、具有鲜明地方色彩的音调，深刻地抒发了一个被地主老财逼出门外，有家不能归的脚夫的愤懑心情和他对家乡、妻子的深切思念。歌曲一开始连续向上四度的音调，既表现了脚夫激动的心情，又表现了他对自由幸福生活的渴望和追求。但是，在黑暗的旧社会，劳动人民的希望和要求常常化为泡影，他只好把仇恨埋藏在心底，继续流落在外过着艰难的生活。翻译这首歌曲最大的体会就是对歌曲和歌词的理解要深刻，只从字面理解会将译者带入死胡同。第一句中的“太阳红又红”，应该说没有人不理解“太阳红”这个自然意象。也正因为如此，人们会望文生义，下笔便译为“the sun is red”，但是，仔细阅读原歌词就会发现，原句并非想说三月的太阳比其他月份红，而是想说农历三月的太阳格外温暖，与下句的“苦命”形成鲜明的对比。第六句中的“妻儿可是（哟）还在家中”也容易令译者误译，有人会按字面译成“...my wife and children are at home”，实际上歌词要表达的是脚夫长期流落他乡，不知道妻子是否改嫁他人，所以笔者将这句歌词处理为“Has my wife remarried or lived alone”。还有最后一句中的“娃儿可在（哟）干些什么”也常会被草率地译为：“...what are the kids doing”，与原歌词所要表达的意义相去甚远。其实歌词要表达的是对孩子的惦记，心里想知道他们过得好不好，即“Does everything go well with my kids”，如此翻译才能与第三句中的“心伤透”前后呼应。

57. 新春秧歌闹起来

瑞雪飘飘灯结彩，
鞭炮好像红梅开。
除旧迎新庆丰收，
新春秧歌闹起来。
（哎咳—呀咳）
新春秧歌闹起来。

男女老少一起来，
秧歌队好像花之海。
锣鼓咚咚人欢笑，
笑声歌声分不开。
（哎咳—呀咳）
笑声歌声分不开。

Dance yangko for new year celebrations

Snowflakes fly around colourful lanterns
Fireworks splutter as red plum blossoms
People come up to enjoy a bump harvest
And dance yangko for new year celebrations
(Aihai yi yahai)

And dance yangko for new year celebrations

The young and old dance together
The dancing team is a sea of flower
They beat drums and sound gongs
Who can tell the singing from laughter
(Aihai yi yahai)
Who can tell the singing from laughter

译文浅析：

陕北秧歌是流传于陕西黄土高原的一种具有广泛群众性和代表性的地方传统舞蹈，又称“闹红火”“闹秧歌”“闹社火”等。它主要分布在陕西榆林、延安、绥德、米脂等地，历史悠久，内容丰富，形式多样。其中绥德、米脂、吴堡秧歌最具代表性。每年春节各村都要组织秧歌队，秧歌队演出前先到庙里拜神敬献歌舞，然后开始逐日在村内各家表演，俗称“排门子”，祝贺新春送福到家。这是古代祭社活动的延续，十五日灯节这天，秧歌队还要“绕火塔”“转九曲”。秧歌表演者通常有几十人，有的多达几百人，在伞头的率领下，踏着铿锵的锣鼓，和着嘹亮的唢呐，作出扭、摆、走、跳、转的动作尽情欢舞。陕北秧歌的主要特点是“扭”，所以也叫“扭秧歌”，即在锣鼓乐器伴奏下以腰部为中心点，头和上体随双臂大幅度扭动，上下和谐，步调整齐，彩绸飞舞，彩扇翻腾，同时也伴随着唱。这首《新春秧歌闹起来》是经过改编的，唱起来文雅了许多，翻译起来也不像其他情歌那么深情，贵在凸显其热闹的场面。译文尽量保留了原歌词的节奏和尾韵，表现秧歌表演时的步伐节奏。对于原歌词中的比喻在翻译时也不敢含糊，尽量做到以比喻翻译比喻。如“鞭炮好像红梅开”

被直译为“Fireworks splutter as red plum blossoms”，“秧歌队好像花之海”被译为“The dancing team is a sea of flower”，只是后句由明喻换成了隐喻，笔者认为这个转换效果会更好些。

58. 祈雨[1]调

龙王[2]救万民哟，
清风细雨哟救万民，
嘿 救万民。

天旱了哟着火了[3]，
地下的青苗晒干了，
嘿 晒干了。

龙王救万民哟，
清风细雨哟救万民，
嘿 救万民。

天旱了哟着火了，
地下的青苗晒干了，
嘿 晒干了。

龙王救万民哟，
清风细雨哟救万民，

---

① 祁雨：祈求天下雨民俗活动。

② 龙王：龙王是中国古代神话传说中在水里统领水族的王，掌管兴云降雨，属于四灵之一。

③ 着火了：陕北方言，指干旱到极点。

嘿 救万民。

天旱了哟着火了,
地下的青苗晒干了,
地下的青苗晒干了呀,
地下的青苗晒干了呀,
嘿 晒干了。

Pray for rain

May Dragon King give us rain
To save people from dry day
Hey, from dry day

The soil is burning hot
The seedlings have dried out
Hey, have dried out

May Dragon King give us rain
To save people from dry day
Hey, from dry day

The soil is burning hot
The seedlings have dried out
Hey, have dried out

May Dragon King give us rain

To save people from dry day
Hey, from dry day

The soil is burning hot
The seedlings have dried out
The seedlings have dried out
The seedlings have dried out
Hey, have dried out

译文浅析：

《祈雨调》是由路遥的小说《平凡的世界》改编的同名电视剧的片头曲。歌曲曲调幽怨、婉转，表达了陕北老百姓祈盼天雨活命的挣扎心理。这首陕北民歌的出处不详，据说是古代匈奴人留下的一首民谣。千百年来，陕北地区兵荒马乱、天灾不断。每逢大旱饥谨之年，水深火热的陕北饥民便举行祈雨仪式吟唱这首歌。这是生命对自然的抗争，更是生灵对苦难的泣诉。翻译前为了找感觉，笔者反复听贺国丰演绎的《祈雨调》，其演唱悲壮到无以言表。歌曲中带着无奈嘶吼的祈祷，对生命的无力拯救，对牲灵的痛惜，都在眼前那片无尽的黄土中释放了。这首歌虽然很长，但翻译量并不大，除了前两节外，剩余部分都是为了表演而不断重复。笔者为了译介原生态陕北文化元素，翻译时尽量采用直译手法，保留了“龙王”（Dragon King）、“着火了”（burning hot）等意象。同时，也努力在译文中表现了原歌词中神圣的宗教格调，做到了用词用句严肃而不轻佻。

59. 满天的花满天的云（一）

满天的花满天的云，
细箩箩淘沙半箩箩金[①]。

妹绣荷包一针针，
针针都是想那心上人。

我前半晌绣后半晌绣，
绣一对鸳鸯长相守。

沙濠濠[②]水呀留不住，
哥走天涯拉上妹妹的手。

我前半晌绣后半晌绣，
绣一对鸳鸯长相守。

沙濠濠水呀留不住，
哥走天涯拉上妹妹的手。

---

① 箩子：一种专供筛粉状物质或过滤流质的器具，底部比筛子密，用绢或细铜丝等材料做成。

② 沙濠濠：陕北方言，沙土坡或者沙沟。

When I watch the flowery clouds flying ahead

When I watch the flowery clouds flying ahead
I seem to see my sweetheart panning for gold

I embroider a pouch a stitch by stitch
Each stitch sews my love for my sweetie

I stitch two lovebirds day and night
And hope to see they'll never be apart

The sandy valley is not good soil to grow
Please bring me with you wherever you go

I stitch two lovebirds day and night
And hope to see they'll never be apart

The sandy valley is not good soil to grow
Please bring me with you wherever you go

译文浅析：

《满天的花满天的云》是电视剧《血色浪漫》的插曲，正如歌名一样，歌曲展现给人的是绚烂美好的画面背后的离愁别恨。满天的花，满天的云，在碧落苍穹中如绵延的彩霞，似浓厚的白絮，歌中人浸染相思的渴望与惆怅，发出内心的呼唤，只为相守那两颗真心和一片深情。歌词是 2018 年 7 月笔者在陕北老家翻译的，当时确实看到漫山遍野都是各种盛开的野花朵，天上白云悠悠，我的心情特别好，就和爱人坐在山头上大声朗读这首民歌，兴致顿时上来，就即兴翻译了这首民歌，也就是现在的译文。这篇译作旨在保留原歌词的内容和形式，信息上不丢失，形式上不舍弃，尽力做到两者兼顾。笔者当时翻译的出发点就是，把陕北的原生态文化传递出去，展现原歌词苍凉、哀怨中不失豪放的情绪。这首歌词的前两句非常难理解，第一句“满天的花满天的云”中的“云”可以理解，但是“满天的花”对于没有在塞外高原生活经历的人是怎么也想不到的。其实这是笔者童年时期常常见到的美景：天上的云朵慢慢游动，汇成了一片美丽的花海，一会儿像牡丹花，一会儿像菊花，有时还会有王子和公主坐在马车上。过去陕北生活很艰苦，但是人们喜欢看湛蓝的天空和时而飘过的朵朵白云。塞外高原的天确实很美，可以想象词作者在创作时一定体悟到笔者孩童时代的感觉。第二句“细箩箩淘沙半箩箩金”似乎与第一句找不到任何关系。用“细箩箩”淘沙子会很慢，因为箩子眼很细，一天也淘不出多少金子，这里形容做事情很细致也很漫长。上下两句都在起兴，两句之间表面上没有关联。但是，如果我们把前两句合在一起，再看下句的歌词，便可以找到其中密切的联系。妹妹一针一线给哥哥绣鸳鸯，心情格外荡漾，像满天的行云飘荡，但刺绣需要一针一线慢慢做，就像“细箩箩淘沙”一样慢，一针一线都缝进去妹妹的心和血。

60. 满天的花满天的云（二）

满天的花满天的云，
细箩箩淘沙半箩箩金。

妹绣荷包一针针，
针针都是想那心上人。

我前半晌绣后半晌绣，
绣一对鸳鸯长相守。

沙濠濠水呀留不住，
哥走天涯拉上妹妹的手。

我前半晌绣后半晌绣，
绣一对鸳鸯长相守。

沙濠濠水呀留不住，
哥走天涯拉上妹妹的手。

Flowers over the hill and dale

Flowers over the hill and dale

Clouds of white and purple

I'm sewing a pouch for him
And put my heart in it

I sew day and night
Two lovebirds sewed are never apart

The sandy soil keeps no water
Take me wherever you wander

I sew day and night
Two lovebirds sewed are never apart

The sandy ditch keeps no water
Take me wherever you wander

译文浅析：

这篇歌词译文是笔者于2018年10月在第一版译文基础上进行的重译。这次翻译与上次最大的区别就在于这个译文重在以原歌词为基础，以读者的接受为根本。出于不同的翻译目的，同一原作的不同译文会产生不同的效果。例如，“满天的花满天的云，细箩箩淘沙半箩箩金”，笔者将第二句忽略，将第一句拆分为两个情景进行表现：“Flowers over the hill and dale”和“Clouds of white and purple”，漫山遍野的花朵和天上飘过的云朵，描写了姑娘凝望着蓝天白云时心中萌动的情愫的心情。这次翻译更多地注重语言的流畅，也就是采取我们所说的偏归化的手段。例如，“沙濠濠水呀留不住，哥走天涯拉上妹妹的手”，这里笔者彻底将原来的“沙濠濠”变译为沙地，沙地的水会随时渗漏，想留也留不住（The sandy soil keeps no water），歌中人借此表达心声——你为什么要把妹妹留在这里，还是带上“我”一起走（Take me wherever you wander），比兴的内在联系因此就建构起来了。再比如，“妹绣荷包一针针，针针都是想那心上人”这组歌词的下句，笔者直接采用了意译的手法进行处理，而且与上句构成了一个非常密切的寓意关联：“I'm sewing a pouch for him / And put my heart in it”，即“我”给心上人绣荷包，就是要把我的心装进去给他，理解起来容易，逻辑上也清晰，读者接受起来水到渠成。

61. 跟上哥哥走包头

三十三颗（那）荞麦九十九道棱，
我多交上（那个）朋友多牵心。

走头头那个（那个）骡子上硷畔[1]，
干妹子忙把红鞋[2]换。

骡子走头马走后，
我跟上我（那）哥哥走包头。

走头头那个（那个）骡子上硷畔 ，
干妹子忙把红鞋换。

骡子走头马走后，
我跟上我（那）哥哥走包头。

---

① 硷畔：陕北人修窑洞时经常建一大院子，然后三面围墙，用大门与外面隔开，大门外面又是一片空地，可以作为平时出来活动的场所，这块地被称为硷畔。在绥德、米脂、佳县等地，窑洞、院子和硷畔高于马路或耕地，且常常用石头垒起来。

② 红鞋：陕北姑娘或媳妇在过年或重大场合，特别是在要见自己心上人时，要穿上平时舍不得穿的红鞋子。

I'll ride with my boy to Baotou

A buckwheat has three edges
But my concern of you is endless

I hear the sound of approaching mule
With new shoes, I rush out to see you

Long line of mules and horses
I'll ride with my boy to Baotou

I hear the sound of approaching mule
With new shoes, I rush out to see you

Long line of mules and horses
I'll ride with my boy to Baotou

译文浅析：

这是一首口口相传的信天游，属于“走西口”系列。当时陕北很穷，土地贫瘠，四季干旱，很多陕北男人为了养家糊口，带着干粮前往长城以外的内蒙古草原垦荒、经商。走西口是一部辛酸的移民史，是一部艰苦奋斗的创业史。一批又一批移民背井离乡，北上口外谋生，有的发了财，回来过上殷实的生活，有的从此杳无音信，生死未卜。所以每次走西口，必然有夫妻间和男女朋友间生离死别的场面。在翻译这首信天游时，笔者在有的地方保留意象，采取直译的手法；在另一些地方为了使读者容易接受，又采用意译的手法，省略了原来的意象。例如，第一组歌词中上句以荞麦棱起兴，下句谈的是朋友，看似没有逻辑联系，但是细细琢磨会发现上下句都有表示数量的词，这样便可以建构一个寓意关联，译文巧妙地保留了比兴意象，用一粒荞麦有“three edges”（三道棱），表达出“我对你的担心是无数个棱”这一情感，通过“but”一词建构了上下两句的对比关系。笔者在译“走头头那个骡子上硷畔”时，省略了“硷畔”这一意象，而用走路到大门口的脚步声代替“看到骡子上硷畔”，以声音描写代替了视觉描写，避免了“硷畔”带来的文化理解羁绊，符合英语的叙事习惯。

62. 走三边[①]

一道道（个）水来（哟）一道道川（唻），
赶上（哟）骡子儿（哟）走（呀哎嗨）走三边。

一条条的（那个）路上（哟）人马（那个）多，
都赶上的（那个）三边（哟）去把（那）宝贝驮。

三边的（那个）三宝名气大，
二毛毛羊皮，甜甘甘草[②]，
还有（那个）大青盐。

人人都说（那个）三边好，好三（那个）边，
塞上的（哟那个）明珠（哟）亮（呀么）亮闪闪。

赶骡子的（那个）人儿（哟）爱三边，
三边的（那个）妹子（哟）歌（么）歌也甜。

一道道（个）水来（哟）一道道川（唻），
赶上（哟）骡子儿（哟）走（呀哎嗨）走三边。

---

① 三边：今天陕北的定边、靖边和安边一带，地势平坦，交通便利。过去是陕北与内蒙古的贸易中心，今天都处于青银高速一线，属于陕北榆林市经济比较发达的地区。

② 二毛毛羊皮：指羊羔皮，这种毛皮在陕、甘、宁、内蒙古一带很受欢迎，价格也比较贵，主要用于制作毛皮大衣。甜甘甘草：一种草本植物的根，陕北方言又叫作甘草秧根，生长在山里，味道发甜，常用作中药，可以治疗胃溃疡、哮喘、咳嗽等。

Leaving for Sanbian areas

Crossing mountains and rivers
I leave with my mule for Sanbian areas

The route to Sanbian is busy
Traders go there for rare goods

Lambskin, licorice and salt
They make Sanbian known to all

Everybody speaks Sanbian well
It's an old frontier's shinning pearl

Mule-men frequent the place
They couldn't resist the girls' sweet voice

Crossing mountains and rivers
I leave with my mule for Sanbian areas

译文浅析：

《走三边》是流行在榆林西南部一带的陕北民歌，描述了当时长城以南作为蒙汉贸易中心的“定边”“安边”和“靖边”三边的小情景。三边一直就是陕北的塞上明珠，这里盛产皮毛、食盐、甘草、荞麦、青稞等。很多陕北民歌歌词中都出现了“赶骡子（赶牲灵）”的人，这其实隐含地方文化和历史背景。陕北历史上虽然是以农耕为主，但是土地贫瘠，十年九旱，很难只靠种地维持生计，所以家里经常留下妇女种地和抚养子女，男人则赶着骡子或骡车去做生意赚钱养家。三边地带比邻内蒙古，自古贸易繁荣，所以陕北东部米脂、绥德、佳县和子州等地的赶骡子的生意人都汇聚三边，用家产的物品换回珍贵的三宝，即“二毛毛羊皮”（羔羊皮）、“甜甘甘草”（调制中药的甘草）和“大青盐”（产于定边的颜色偏青的食盐）。这首歌经久不衰的原因之一，就是其中充满了陕北生活的原生态气息，既简单、粗犷又乐观向上。据此，翻译这首陕北民歌既要突出历史的沧桑感，又要传达赶骡子生意人快乐的心情，表现他们收获的喜悦和乐观的态度。在翻译《走三边》时，笔者尽力以原作品为指向，采用语义翻译方法，用地道的英语讲好原生态故事。例如，用“Sanbian”音译“三边”地名，用英语隐喻“frontier’s shinning pearl”翻译汉语隐喻“塞上明珠”，把“赶骡子的”译成“mule-man”，原文方言押尾韵的地方也基本上保留（salt/all; well/pearl; place/voice），努力从形式和内容上再现原歌词，原原本本地传递那股质朴、率真、单纯、明快的原生态气味。对于歌词“赶骡子的（那个）人儿（哟）爱三边/三边的（那个）妹子（哟）歌（么）歌也甜”的翻译有必要提一下，笔者采取了意译的手法，将“爱三边”译成“frequent the place”，看似与原句的意义有点远，实际上深层是对等的。赶骡子的生意人经常往返于三边，在从事货物贸易的旅程中，也爱上了这里的一山一水、一草一木，特别是抵挡不住姑娘美妙的歌喉，所以下句用“resist”一词，前后呼应，上下联系。

63．打樱桃

男：阳婆婆[①]上来丈二高，

风尘尘不动[②]天气好，

哎哟，我叫上妹妹去打樱桃[③]。

女：红格丹丹阳婆满山山照，

手提上竹篮篮抿嘴嘴笑。

哎哟，我跟上哥哥咱们二人去打樱桃。

男：站在山坡上瞭一瞭[④]，

瞭不见哪山长得好樱桃。

哎哟，妹妹你说咱们去哪好？

女：这一山山瞭见那山山高，

那山上长得一苗好樱桃。

哎哟，咱们二人相跟上走一遭。

---

① 阳婆婆：陕北绥德、米脂一带方言，指太阳。

② 风尘尘不动：陕北方言，“风尘尘”指的是刮风和吹起的尘土，陕北人常用“风尘尘不动”表示没有一丝微风，天气很好。

③ 樱桃：这里需要说明的是，陕北地区罕见樱桃树，但这里有一种类似市面上普通樱桃的野樱桃，个头比一般的樱桃小，吃起来干涩。陕北市场上卖的樱桃是从外地贩运到陕北的，所以笔者认为这首歌词中的樱桃指的是野樱桃或山樱桃。

④ 瞭一瞭：陕北方言，向远处看，眺望。

Picking wild cherry

Male: The sun rises high
It's a windless day
Hey! We're to pick cherry miles away

Female: The sun shines on the hill
Handing a basket I smile
Hey! With my lover I'll pick cherry to the fill

Male: We stand on the hill and look far
We wonder where the good cherry trees are
Hey! You decide where we go, my sweetheart

Female: I see a hill further
A cherry tree is growing there
Hey! Let's go and pick cherry together.

译文浅析：

《打樱桃》这首民歌有很多版本，最初的应该属于陕北神木和府谷一带流行的老版本，大约有 50 节 150 句，后来张也、王二妮、刘美玉等很多歌手演唱时都对它进行了一定的改编。笔者现在翻译的这个歌词是口口相传的最大众化的版本，只有 12 句，而且是男女声分开唱。笔者翻译这首民歌有几点体会：一是在译文中做到了再现原歌词叙事的连贯性，使读者读译文和读原歌词一样连贯，领略到一个完整的故事；二是突出这对男女恋人的个性，在译文中让英语读者感觉到这对恋人的爱情，特别是男友对女友故意装傻卖呆以示他对姑娘的爱护和尊重，例如，“You decide where we go”就很好地再现了“妹妹你说咱们去哪好”这句歌词的深层意义，而且表现出来的调皮劲与原歌词完全吻合；三是用口语化的词语来翻译原歌词，避免出现过于文雅的词，否则就会与原歌词的风格相去甚远。译文从头到尾没有用一个文绉绉的词和成分复杂的句子，同样可以描述出发生在山沟里的充满“土味”的爱情故事。四是歌曲的翻译力图达到读者可读、演唱者可唱的效果，既不失其文学美，也保留了其可表演的功能。本首歌曲的译文可以说兼顾了两者。

64. 赶牲灵[①]

走头头的（那个）骡子[②]呦，三盏盏[③]的（那个）灯，
（哎呀）带上得（那个）铃子呦，噢哇哇[④]得（那个）声。

白脖子的哈巴呦，朝南得咬[⑤]，
赶牲灵的那人儿呦过来了。

你不是我的哥哥呦，走你的路，
你若是我的哥哥呦，招一招手。

你赶上骡子呦，我开上店，
来来往往呦，好见上得面。

---

① 赶牲灵：在旧社会，陕北的人们生活十分贫苦，许多男人为了谋生，除了“走西口”到外地谋生外，有相当一部分人靠赶牲灵谋生。赶牲灵近似于云贵地区的“赶马帮”，即用牲畜（陕北多为骡驴）为他人长途运输货物。由于赶一趟牲灵常需要数十天甚至半年、一年，所以这些赶牲灵者的家人非常惦念他们，凡遇到赶牲灵的队伍走过，往往就有许多妇女、小孩探问自己亲人的情况。

② 走头头的骡子：赶牲灵的队伍比较大，通常会有多只骡子，走在最前面的叫头骡。

③ 三盏盏的灯：在头骡的笼头顶部两耳之间用铜丝竖扎三簇红缨缨，下端镶着三面圆镜，阳光一照闪闪发光，如同三盏明灯。

④ 哇哇声：头骡颈部还会挂一串响铃，走动时，铜铃一步一响，发出清脆的声音，形容为“哇哇声”。

⑤ 哈巴：这里指狗。

My mule-man

The mules with mirrors walk ahead
And the bells tinkle all the way forward

The pug is barking southward today
My mule-man is coming this way

If not my boyfriend you go away
If you are, wave your hand and not delay

I'll open a store along the way
It's convenient for you to have a stay

译文浅析：

《赶牲灵》是由陕西省吴堡县民歌大师张天恩创作的，1955年他还亲自为毛泽东、周恩来和刘少奇等领导人清唱过。《赶牲灵》如实地叙述了旧社会陕北地区生活的贫苦。许多男人为了谋生，除了“走西口”到外地谋生外，还有一部分人靠赶牲灵谋生。“赶牲灵”也称“赶脚”，即用骡子或者驴为他人长途运输货物，民间把赶着牲畜运送货物的人称为“赶脚人”或“赶牲灵的人”。他们翻山越岭，风餐露宿，十分辛苦。这首民歌非常有名，也被广泛传唱，许多著名歌唱家（彭丽媛、阎维文、王宏伟、冯建雪等）都唱过它，赶牲灵的故事也从此由陕北走向全国。翻译这首歌最需要注意的是译者理解不准确导致的误译。很多不熟悉陕北文化的人，会把“三盏盏灯”错误理解为三盏马灯，那么用词和效果也就会有天壤之别。另外，这首民歌感情丰富，表现了艰苦的赶脚人虽四处奔波，但是仍然怀有纯朴动人的爱情向往，翻译时也要把这种震撼心灵的爱情故事表现出来。例如，“你不是我的哥哥呦，走你的路，你若是我的哥哥呦，招一招手”。长长的骡子队伍，很难一眼认出心上人，所以女子希望男人“招一招手”给自己示意。笔者用最饱满的情感和最简单有力的词传达了原作那种深入灵魂的爱情和朴素纯洁的审美：“If not my boyfriend you go away / If you are, wave your hand and not delay”。笔者在翻译这首民歌时，还注意了叙事的完整性，例如最后两句：“你赶上骡子呦，我开上店，来来往往呦，好见上得面。”在翻译时考虑到上下文的连贯，没有重复“你赶上骡子”，而是直接译成：“I'll open a store along the way/It's convenient for you to have a stay”，因为前面一直在叙述哥哥赶骡子的事情，全文读起来不会造成理解上的困难。

65. 青天蓝天

青天呀蓝天蓝格盈盈的天，
赶上那个骡子一溜溜的烟[①]。

一边驮高粱一边驮那个盐，
欢欢那个喜喜回呀么回家转。

哎咪呀呼咳咿格呀呼咳，
回呀么回家转呀呼咳。

Blue sky

The sky is blue and it's a fine day
I whip up my mule and run away

On its back is salt and sorghum
And I'm happy on my way home

Ah-la-ya-hey-
I go home, ya-hey

① 一溜烟：速度很快。

译文浅析：

这首信天游是电视剧《血色浪漫》里的插曲，描写了外出打工者回家时的急切和快乐心情，一路赶着骡子，恨不得以飞一般的速度立刻赶回家中与妻儿团聚。这首歌曲的翻译并不算难，其实就是四句，而且并不需要建构关联。例如，“青天呀蓝天蓝格盈盈的天，赶上那个骡子一溜溜的烟”。上下句都写实，上句给出背景：在一个晴朗的日子，天空湛蓝湛蓝的，下句给出动作：我要赶着骡子驮着货物回家了。笔者译为“The sky is blue and it’s a fine day / I whip up my mule and run away”。为了突出快速赶路，译者加了一个短语“whip up”，这样就把“一溜烟”表现出来了。同理，第三句和第四句也是实写，笔者采用直译手法，保留了原歌词的意象和意义，达到了语义和风格的对等，也顺应了奈达说的“动态对等”原则。

66. 信天游

我低头向山沟，
追逐流逝的岁月，
风沙茫茫满山谷，
不见我的童年。

我抬头向青天，
搜寻远去的从前，
白云悠悠尽情地游，
什么都没改变。

大雁听过我的歌，
小河亲过我的脸，
山丹丹花开花又落，
一遍又一遍。

大地留下我的梦，
信天游带走我的情，
天上星星一点点，
思念到永远。

Xin Tian You

I look down the valley
And chase the past years
I couldn't find my childhood
And get lost in the dusty wind

I look up the blue sky
And search for the time going by
I see the white clouds sail by free
Everything goes as it was yesterday

The geese have heard my song
And the river has kissed my face
The flowers blossom and fall
Four seasons go as usual

The soil that leaves my dream behind
The songs take away my love
The stars that talk to me at night
They'll stay forever in my mind

译文浅析：

《信天游》是流行于全国的一首陕北民歌，很多歌手都唱过（程琳、龚玥、李娜等）。这首《信天游》不是原生态的陕北信天游，是经过音乐家改编和雕琢过的，所以要比前面翻译过的多首信天游在语言运用上规范一些、唯美一些。翻译这首民歌时也要考虑这些因素，即在风格上与原歌词尽量做到一致，意义上尽量对等，传达原歌词创作上的唯美。比如第一节中的这两句：“风沙茫茫满山谷，不见我的童年。”歌词意蕴非常悠远，仿佛歌者在茫茫风沙的陕北山谷中寻觅已经远逝的童年足迹。笔者在处理时做了顺序调整，将上下句对调，译为“I couldn’t find my childhood / And get lost in the dusty wind”。这样的变化既不更改意义，又符合西方人的逻辑思维和表达习惯，起到一举两得的效果。在翻译最后一节时，笔者将“大地”“信天游”“星星”作为“思念到永远”的对象，所以“soil”“songs”和“stars”三个词后面紧跟的是三个定语从句，最后用一个“they”把三个对象统一起来，完整地再现了原歌词的形式和意义。整体而言，英文歌词犹如一首英文诗，抑扬顿挫，韵律优美，舒畅自然，而且加上配曲就可以在舞台演唱。

67. 黄土坡

黄土坡，
黄土地，
我们祖祖辈辈生息在这里。
虽然只有矮小的窑洞，
迷蒙的风沙，
心儿却紧紧地热恋着你。

老人们为你累弯了腰，
婆姨们为你熬尽了力。
就在这贫瘠的土地上，
也要把希望的种子来培育。

虽然春风刚从坡上吹过，
山沟里已是花开树梢绿。
风风雨雨多少年，
富裕的道路才开辟。
就在这茫茫的热土上，
要把家乡的明天变得更美丽。

Loess slope

Loess slope
Loess Land
For generations we have lived here
Rough cave is shelter
Dusty wind is ordinary fare
But we heartily love this land

The old men bent double
The women are worn out
On the barren ground
They are planting hope and proud

Here comes the Spring
The flowers blossom and trees turn green
Farewell to bitter yesterday
Let's embrace the new life today
We'll work with joint hand
And make our home a beautiful land

译文浅析：

《黄土坡》也是一首经过改编的并非原生态的陕北民歌，由于经过音乐家改编和润色，所以歌词中没有明显的陕北方言，歌词的构成也渗透进去一些通俗歌曲的元素，所以笔者在翻译时略偏重用词的文雅和形式的规范。翻译这首民歌最突出的感想就是翻译的再创造。汉语歌词的叙事遵照汉语的习惯，很多地方不太符合英语修辞逻辑，需要进行调整或者再创作。例如，“风风雨雨多少年，富裕的道路才开辟。”基于英语叙事逻辑，笔者将这两句话译为“Farewell to bitter yesterday / Let’s embrace the new life today”，从形式到内容都达到忠实。需要指出的是，译文应该考虑或着重考虑译文读者的接受程度，所以对于一些过于地方化的东西还需使之具有普遍接受度。歌词总体描述的是中国的春天来了，人民的好日子来了，我们应该拥抱新的春天。像这样的歌词如果完全采用直译的方法来翻译每一个句子，英语读者读起来会感到非常奇怪，也不符合诗和歌的格律与韵味。笔者承认，本首民歌的翻译与其说是翻译，不如说是译写，是翻译和改写相结合，但是写作也是在原歌词的框架下完成的。例如，“迷蒙的风沙”的处理就是译写，笔者创造性地加入“ordinary fare”一词，看似多余，因为原歌词丝毫没有提到，但它表现了过去陕北的风沙大，甚至经常漫天黄沙，望不见天空，刮风已经是家常便饭。所以这个译写既起到押尾韵的功能，又突出了这里的生活环境差。再对比今天的陕北非常美丽，经过多年治理已变成绿水青山、风景秀美的塞外江南。整个歌曲表现的是对脚下这片土地的深爱，译文也基本达到了这个效果。

68. 山沟沟（一）

山上的花儿不再开，
山下的水儿不再流。
看一看灰色的天空，
那蔚蓝能否挽留。

天上的云儿不再飘，
地下的牛儿不回头。
甩一甩手中的长鞭，
那故事是否依旧。

走过了山沟沟，
别说你心里太难受。
我为你唱首歌，
唱了白云悠悠。

走过了山沟沟，
大风它总是吹不够。
我为你唱首歌，
唱了大河奔流。

The valley

Without you the flowers stop blooming
Without you the river stops flowing
Is my heart gray or is it the day
Could I see the blue sky

Without you the clouds stop drifting
Without you the cows stop moving
I cracked the whip in the air
Could we love as ever

When you go through the valley
You won't feel lonely
You can hear me singing
And see the white clouds dancing

When you go through the valley
The wind blows constantly
You can hear me singing
And see the river joyously rushing

译文浅析：

翻译这首民歌需要反复琢磨，要把深层的意义表达出来，所以理解这首歌的深层含义是翻译的首要问题。有人认为中国人对汉语的理解没有障碍，但恰是这个观点经常使人不求甚解，牵强附会，甚至弄出笑话。我们不否认诗歌的意义深奥，人们的理解可能只是自己认识达到的一个层面，所以会出现一些不同阐释，这也是诗歌的魅力所在——你永远读，它会永远有新意。这首歌词是根据陕北民歌改编的，像前面提到的两首一样，也是经过音乐人精雕细琢的，所以词汇中没有方言土语，但是歌词表现的情景中仍然具有鲜明的陕北原生态特质。当读到第一节的“山上的花儿不再开，山下的水儿不再流”时，作为读者我们为歌词的美所感动，但是作为译者，我们要知道这是写给谁听的，也即受众是谁，这样才可以下笔翻译。熟悉这首民歌的人都知道这是一首情歌，唱给自己爱恋的人，所以翻译时就确定了具体的“你”(you)作为唱的对象，而没有单纯地按照歌词去抽象地表达。当然，用英语抽象地去表达也是诗歌叙事的一种，给读者留下想象的空间。笔者在这首民歌翻译中还是采用了具体化的叙事和直白的表达，所以整体上采用第二人称和第一人称交替的手法，用诗歌的叙事形式完成了这首诗的翻译。这首歌曲感情饱满，歌词唯美，山沟沟中的情和爱是那么令人荡气回肠，在山谷中回响，在浪涛里飘荡；山沟沟里的爱情又是那么简单、平凡，在甩鞭子的啪啪声中，在信天游的吼声中，在山沟沟卷着泥土的风沙中，只有土生土长的陕北人才能将它细细地品味，慢慢地享受。

69. 山沟沟（二）

山上的花儿不再开，
山下的水儿不再流。
看一看灰色的天空，
那蔚蓝能否挽留。

天上的云儿不再飘，
地下的牛儿不回头。
甩一甩手中的长鞭，
那故事是否依旧。

走过了山沟沟，
别说你心里太难受。
我为你唱首歌，
唱了白云悠悠。

走过了山沟沟，
大风它总是吹不够。
我为你唱首歌，
唱了大河奔流。

The hill and valley

Flowers on the hill refuse to bloom
The river on its foot refuses to flow
Watch the gray sky
Could we detain the blue

The clouds refuse to drift
The cows refuse to plough
The whip cracks in the air
Could things go as ever

Walk though the valley and the hill
Don’t say frustrated you feel
I sing a song to you
The white clouds leisurely float

Walk though the valley and the hill
The strong wind always blows
I sing a song to you
The river wildly flows

译文浅析：

此为《山沟沟》歌词的第二种译本。这个译文偏重于传递歌词表层的含义，也顺便保留了原歌词的形式，以期使读者接受时有更多思考和想象的空间。这首歌曲意义深刻、形式唯美、苍凉豪放、感情强烈。

歌词也完全称得上是一首好诗——有非常完美的陕北山沟的意象：悠悠的白云、蓝蓝的天、沟里吹过的大风、山坡上的花朵、耕地的牛儿等，它们一起汇成了一幅多彩的图画。笔者之所以再次翻译它，就是期待以上一首译文突出这首歌的情，以这个译文再现诗的魂，留下更多让读者想象的空间。你可以将它的主题理解为爱情，也可以理解为传统的生活；你可以把歌词想象为浪漫，也可以理解为苍凉。再次翻译这首歌词，最大的一个变化就是以直译为主，传达原歌词的意象，朦胧的地方也不打算解释清楚，让它朦胧便是。例如："甩一甩手中的长鞭，那故事是否依旧"，笔者直接翻译成"The whip cracks in the air / Could things go as ever"，没有附加任何解释性的笔墨，让读者去体会个中滋味。

70. 庄稼汉[①]

深不过那个黄土地，高不过个天。
吼一嗓信天游，唱唱咱庄稼汉。

水格灵灵[②]的女子呦，虎格生生[③]的汉，
人尖尖[④]就出在这九曲黄河边。

山沟沟[⑤]里那个熬日月，磨道道[⑥]里那个转。
苦水水里那个煮人人，泪蛋蛋漂起个船。

山丹丹那个可沟沟里，兰花花开满山。
庄稼汉的那信天游，唱也（是）唱不完。

东去的那个黄河呀，北飞的那个雁。
走西口的那个哥哥呀，梦见可了[⑦]不见。

---

① 庄稼汉：陕北方言，农民。

② 水格灵灵：陕北方言，水灵灵的。

③ 虎格生生：陕北方言，强壮的，常用来形容男子。

④ 人尖尖：陕北方言，出类拔萃的人。

⑤ 熬日月：陕北方言，艰苦度日。

⑥ 磨道道：陕北方言，安装有石磨的大窑洞或大屋子，通常供拉磨的驴在里面转圈拉磨。

⑦ 了：同“瞭”。

山涧涧[①]的那个流水呀，两条条那个线。
死活咋的那个好上呀，死活就咋的[②]那个断。

山丹丹那个可沟沟[③]里，兰花花开满山。
庄稼汉的那信天游，唱也（是）唱不完。

Peasants

Endless is the yellow earth and high the sky
Sonorous tones ring through the valley

Here the girls are pretty and boys strong
The Yellow River lives up to its name ever along

Life is bitter in the remote mountain area
The peasants' sweat and tears fill in a river

The flowers cover the mountains and valleys
The songs of the peasants seem endless

The river flows east and the geese fly north
Dream is the way I meet you who is far away

The stream diverges in the valley

---

① 山涧涧：陕北方言，指山间的水沟。
② 咋的：同“怎的”。
③ 可沟沟：陕北方言，指整个沟里。

Together or separate, that's destiny

The flowers cover the mountains and valleys
The songs of the peasants seem endless

译文浅析：

陕北民歌尽人皆知，但是并没有多少人意识到陕北民歌是苦水中酿出的欢乐，是悲怆中诞生的力量。无论多苦多累，你站在黄土峁子上，对面山坡上放羊的老汉那高亢苍凉的歌声，会飘过山谷传到你耳畔："深不过那个黄土地，高不过个天"，你会为他那沙哑激越的嘶吼所震撼。一个生生不息的黄土族群，敢于直面苦难，纵情讴歌爱与恨，在苦水浸泡中仍旧能够赞美"山丹丹那个可沟沟里，兰花花开满山"。这首歌曲表现的是坚韧与顽强，是生命的张力。在翻译中，如何再现这群扬起头颈对着苍天引吭高歌的农民，怎样讲好这群可歌可泣顽强不息的生灵的故事，这是翻译的关键所在。

笔者在此仅谈谈微观层面上的一些体会。本首歌词的一些细节会让译者感到棘手。比如，对"深不过那个黄土地"中的"深"这个字的翻译可能会让译者头疼，但是只要读到后面的半句"高不过个天"，就知道它表达的是天高远、地广袤，这样就可以译为"endless"，表现了黄土地的沟壑深邃，一望无际。还有这句："山沟沟里那个熬日月，磨道道里那个转。"其中的后半句会让不熟悉陕北生活的人不知如何翻译。在陕北，传统磨面的方式就是靠驴拉磨或者人拉磨，一圈一圈转，这里指艰苦生活似乎望不到头，笔者用一个"life is bitter"解决了问题。再如："山丹丹那个可沟沟里，兰花花开满山。"这句里出现了两种花，其实陕北的山沟沟里还有很多其他的花，如野菊花、牵牛花等，歌词只是举例说明花开满山的意思，所以这两个意象都可以用“flowers”取代。还比如，“山涧涧的那个流水呀，两条条那个线。”山涧的小溪流水比较常见，但是“两条线”就难住了不少译者，其实“两条线”这个词只是形象地表达河流分成了两股支流，而且流量很小，看起来像两条线一样，所以笔者用了一个英文单词“diverge”将原文河流分岔的意思表现出来，只是牺牲了“两条线”这个形象的比喻。最难翻译的是这句：“死活咋的那个好上呀，死活就咋的那个断。”其实就是说，我们在哪里相好了就可以一直好下去，如果缘分已尽，我们也就此分手，不必拖泥带水、藕断丝连。译文以英语读者熟知的“天命”来对应“缘尽情断”（that’s destiny），可以对等传递陕北人的豁达胸怀。

71. 秋收

九月里九重阳（呀）秋收忙，
谷子（呀）糜子（呀）收上场[①]。

红格旦旦太阳暖（呀）暖堂堂[②]，
满场的（那个）新糜子（呀）喷喷香。

新糜子场上的铺（呀）铺成行，
快铺起（那个）来打场（呀）来打场[③]。

你看那谷穗穗多么（呀）长，
比起那个往年来实（呀）实在强。

Autumn harvest

Autumn is a season for harvesting

---

① 场：陕北文化中指的是堆放庄稼和脱壳的场地，大约都在500—1000平方米之间，建在比较平坦、干净的地方，而且要通风效果好，便于庄稼晒干和利用风力分离颗粒和外壳。

② 暖堂堂：陕北方言，指暖洋洋的。

③ 打场：陕北传统打场有两种方式，一种是用牲畜拉着石碾在铺成行的庄稼上来回碾，使颗粒脱离庄稼穗。另一种是两人相对而站，用连枷一起一落鞭打，使颗粒脱离穗子。这种方式不破坏颗粒，所收的粮食煮后吃起来可口。

Farmers are busy reaping and bundling

The threshing yards become crop-hills
A sweetness of millet reached the nostrils

Working in the hot autumn sunlight
The farmers give a joy of harvest

How plump the millet ears are
It's the best harvest they have so far

译文浅析：

这首民歌描写了陕北农民秋收的情景，歌词中流露出农民获得丰收的喜悦之情。歌词只有八行四组，叙事简洁扼要，但能展现出陕北传统秋收方式的过程。过去的陕北农耕技术落后，缺少机械化收割，基本靠手工劳动完成。第一步农民用镰刀把庄稼从根上割下来，再用草绳把割好的庄稼捆绑起来；第二步要用马车或驴车将捆绑好的庄稼送回到打谷场上，码成墙头状，等待晒干；第三步就是在打谷场上铺好晾晒干的庄稼，可以用连枷敲打，也可以用牲畜拉着石碾来回碾压，使颗粒脱离穗子；第四步则是扬场，就是将脱离穗子的颗粒继续净化，用木锨等农具播扬谷物、豆类等，以去掉壳、叶和尘土。现在随着农业科技的发展，农村基本上都实现了机械化操作，省去了传统的四道工序。如果将这些传统的农业方式翻译成英语，译者会感到非常棘手。这首歌词的英文翻译需要做叙事的调整，以适合英语的叙事习惯。例如，第三组的这两句："新糜子场上的铺（呀）铺成行，快铺起（那个）来打场（呀）来打场。"笔者并没有按照原来表达的意思进行直译，而是将前后几句顺序进行调换，用符合英文表达习惯的句式进行传译，将其译为“Working in the hot autumn sunlight / the farmers give a joy of harvest”。这样的翻译有很大的创造性，其目的是使译入语读者能够更好地接受和理解译文。

72. 崖畔上开花崖畔上红

合：崖[1]畔上开花崖畔上红，
受苦人盼着（那）好光（噢）景。

男；青杨柳树长得高，
你看哥哥我哪搭儿[2]（噢）好？

女：黄河岸上灵芝草，
哥哥你人穷生得（哟）好。

男：干妹子儿你好来实在是好，
走起路来好像水上（噢）飘。

女：马里头挑马不一般高，
人里头数上哥哥（哟）好。

合：有朝一日翻了身，
我和我的干妹子儿（哥哥）结个（噢）婚。

---

① 崖：陕北方言中读作【ái】，与普通话表示的意思一样。

② 哪搭儿：陕北方言，相当于说 “什么地方”或“何处”。例如，“哪搭儿好”就是“哪儿优秀”的意思。

Flowers bloom red on the hillside

Chorus: Flowers bloom red on the hillside
The poor yearn for a redder life countrywide

Male: Poplars and willows grow stalwart
Am I tall and handsome whatever

Female: Precious as Ganoderma Lucidum
Poor you are born but handsome

Male: You're the apple of my eye
And walk to me like a butterfly

Female: Gallop away the horses
You are outstanding of course

Chorus: The day we'll live a good life
Let's be husband and wife

译文浅析:

《崖畔上开花崖畔上红》是一首由陕北信天游改编的歌曲，是 1951 年北京电影制片厂制作的电影《陕北牧歌》的主题歌，由男女对唱。意思是山崖边上花开了一片，远远望去红色映红了山涯。只有在色彩单调的黄土高原上，那抹红色才如此浓烈，红得动人心魄。这首脍炙人口、悠扬婉转的信天游只有回荡在黄土地上才那么真实、那么动听。歌词表现了男女的纯真爱情和受苦穷人对美好生活的盼望，起兴部分用红花来表现一种红火兴旺的氛围，同时象征爱情的热烈，寄托着美好的憧憬。笔者创造性地借用了一首英语歌曲名“yearn for a better life”，稍作修改，将“better”变为“redder”，基本上再现了比拟句“好光景”，既表现了主题，又使上下句押尾韵，再现了歌词的形式美。特别需要说明的是，下句的“redder”和上句的“red”从表层上语义勾连，实现了比兴关系的表层衔接，但表达的意义又有所不同。上句的“red”指的是花色的鲜艳，而下句的“redder”却指的是红火幸福的生活，所以 red 一词的使用起到事半功倍的效果。“青杨柳树长得高”和“你看哥哥我哪搭儿好”一起兴、一比拟，通过陕北白杨树的高大伟岸、直冲云天，引出下句小伙子希望女友认为自己与大树一样挺拔帅气，笔者在此处理为“Poplars and willows grow stalwart /Am I tall and handsome whatever”。第三组歌词“黄河岸上灵芝草”和“哥哥你人穷生得好”的内部联系就比较清晰，黄河岸边的灵芝草，生于乡野却稀少而珍奇，而这位小伙子虽然家境贫寒，但是天生英俊帅气，也算是百里挑一。“走起路来好像水上飘”是非常难翻译的一句，笔者最后置换了一个新的意象——蝴蝶（walk to me like a butterfly），因为蝴蝶轻盈灵动，能体现姑娘的婀娜可爱。“马里头挑马不一般高”和“人里头数上哥哥好”联系紧密，马群里有骏马，人群里有好汉，笔者把起兴句和比拟句合在一起处理（Gallop away the horses /You are outstanding of course），当马群驰骋时，就会发现你是最优秀的那个。笔者比较中意的一笔是，通过一个短语“of course”取得一语双关的最佳效果，一来是表示理所当然“你”是最优秀的，二来表示马在途中（或跑道）驰骋。

73．三十里铺[1]

女：提起个家来家有名，
　　家住在绥德三十里铺村。
　　四妹子儿爱见那三哥哥，
　　他是我的知心人。

女：三哥哥今年一十九，
　　四妹子儿今年一十六。
　　人人说咱们二人天配就，
　　你把妹妹我闪[2]在个半路口。

女：洗了个手来和白面，
　　三哥哥今天上前线。
　　任务就在那定边县，
　　三年二年不得见面。

男：叫一声凤英你不要哭，
　　三哥哥走了回来哩。
　　有什么话儿你对我说，

---

① 铺：古代官方传送命令和文件的驿站，宋代称邮递驿站为铺，元代以后驿站制度更为严密，州县间凡十里设一铺，多叫十里铺、二十里铺、三十里铺等。

② 闪：陕北方言，指耽误事情。

心里头不要害急[1]。

女：三哥哥当兵坡坡里下，
四妹子儿崖畔上灰塌塌[2]。
有心拉上个两句知心话，
又怕人笑话。

女：有心拉上个两句知心话，
又怕人笑话。

Sanshili Village

Female: I live in Sanshili Village
Thirty miles from Suide
I love a chap of neighbor
And we promise to grow old

Female: You're handsome chap in the bloom
And I'm a rosebud not yet open
They say we are good fit
But you've backed out

Female: I cook food for my lover
And see him off to Dingbian
The county where the troop fight

① 害急：陕北方言，指心理着急。
② 灰塌塌：陕北方言，指心情低落。

God knows when we'll see each other

Male: Don't cry, my dear
I'll be back when the war is over
Please worry me not
I learn every word of yours by heart

Female: I see my boy disappear in the far back
He leaves me listless outside the gate
There's so much left to say, ah
But I'm afraid of gossipers

Female: There's so much left to say, ah
But I'm afraid of gossipers

译文浅析：

《三十里铺》是一首流传很广、脍炙人口的陕北爱情民歌。它所讲述的这个故事后来经过改编，还被拍成电视剧。至于歌曲的来源有不同的传说，一种说法认为，这首歌产生于 20 世纪 30 年代，是根据陕西绥德县三十里铺村发生的一件真人真事改编、用信天游曲调演唱的。歌曲讲述了一个叫四妹子的陕北女娃，送别她那就要去远方参军的三哥哥的故事。相恋的二人难舍难分，三哥哥舍不得丢下四妹子，四妹子不愿意三哥哥离开，歌曲表现了淳朴真切的爱恋与离愁。《三十里铺》是一首篇幅较长的叙事民歌，歌中带有一定的悲凉情绪，既像在自言自语，又像在对别人倾诉。它的音乐是信天游上下句两个乐句，但唱起来却是四个乐句，第一句是起兴乐句，第二句音调完全是第一乐句的重复，第三句是稍加变化的第一乐句，第四乐句才是这首歌的下句。笔者在翻译时，一律采用第一、二人称叙述视角，不过在每一节前面加上男唱、女唱的标志，以体现叙事的衔接与角色的转换。为了考虑译文读者的接受和译语的叙事习惯，笔者在很多地方都采取意译的办法，例如："他是我的知心人"意译为"And we promise to grow old"，"三年二年不得见面"意译为"God knows when we'll see each other"。缺憾是最后两节的译文没有像原文一样押尾韵，只能期待以后通过进一步改进来弥补这个遗憾了。

74. 当红军的哥哥回来了（一）

鸡娃子[①]的那个叫来狗娃子[②]咬，
我那当红军的那个哥哥回来了。

羊肚子的那个手巾哟三道道的蓝，
我的红军哥哥跟的是刘志丹。

你当你那红军我劳动，
咱二人那个一心一意闹革命。

一杆杆那红旗呀半空中的飘，
当红军的那哥哥要出发了。

我送我的那个哥哥坡坡里下，
红军哥哥你走到哪搭[③]都记住我[④]。

---

① 鸡娃子：陕北方言，小鸡。
② 狗娃子：陕北方言，小狗。
③ 哪搭：陕北方言，哪儿，这里是说，不管你到什么地方。
④ 记住我：这里“我”在陕北子州、米脂方言中读【nǎ】。

My warrior is coming back home

Dogs bark and Roosters call
My warrior is coming back home

He joined Liu's Army and went far
The blue white scarf turns into red star

You kill enemies and I grow crops
We all work hard for our country

In the wind the red flags flutter
My lover is leaving for the front

I send him to the hill low
Remember me wherever you go

译文浅析：

这首民歌源于米脂县。当时米脂就是闹红军的策源地之一，很多青年跟上红军闹革命了，留在家中的女子免不了对上前线的丈夫产生思念与牵挂。在共产党的引导下，陕北小伙子主动积极地参加红军闹革命，这在陕北人的心中是光荣的、有骨气的，但也是有生命危险的。受到革命启蒙的青年妇女主动送夫参军，他们相互鼓励，相互支持。整个歌曲没有表达卿卿我我的缠绵，而是让人感受到被共产党发动起来的农民高昂的革命热情和革命斗争中经受磨炼的爱情。这首民歌中的第二组句子很不好翻译，关键是如何将上句的“羊肚子的那个手巾哟三道道的蓝”和下句的“我的红军哥哥跟的是刘志丹”很好地建构起来。笔者开始将上句译为“The peasants like white blue scarf”，其中的“white blue scarf”是农民的符号，事实也是如此，农民喜欢戴一块羊肚子手巾挡尘土，也可以擦汗；刘志丹带领的红军也有自己的符号——红五星，红军战士非常热爱帽子上的红五星和衣服上的红领章，这样似乎将两者联系起来了，但是读起来像是生搬硬套，不符合英语叙事习惯。经过思考，笔者做了大胆的创新，先是将事实翻译出来（He joined Liu's Army and went far），然后再翻译起兴的部分（The blue white scarf turns into red star），只是创造性地加上了“red star”，突出哥哥参加了红军，原来头上的羊肚子手巾变成了有红五星的军帽，听起来合情合理。另外一个值得注意的是“闹革命”这个中国传统话语，带有色彩很浓的时代元素。中国历史上很多阶段都在用，《毛泽东选集》的英文版中已经有了比较固定的翻译：“make revolution”，但是从英语读者的接受考虑，笔者将其用“for the country”取代，这样体现了爱国情怀，同时也传递了“闹革命”的目的。

75. 东方红

东方呢就一个红，
太阳呢就一个升，
咱们中国出了一个毛泽东，
他是人民大救星。

东方红太阳升，
中国出了个毛泽东，
他为人民谋幸福，
他是人民大救星。

The East is red

The sun rises and
The East turns red
A great savior is born
That is Chairman Mao

The sun rises and
The East turns red
A great savior is born
He serves for all

译文浅析：

《东方红》据说由陕北老汉李有源创作，后来又经改编制作而成，是当年陕甘宁边区新民歌的代表作。这首歌曲歌词简单，语言朴实，情感真实，唱出了人民群众对伟大领袖毛泽东主席及其领导的中国共产党的深情。这首歌先在陕甘宁边区流行，后来又在全国流传，成为一首家喻户晓、老少皆知的歌曲。翻译这首民歌，笔者除在一处用了比较正式的“savior”一词，其他地方均用最普通的词汇和最饱满的热情再现了民众对毛主席和共产党的感激之情，而且尽量再现了原歌词的节奏和韵律，所以这首歌词译文只要稍作译配就可以演唱。在翻译时，笔者只做了一些顺序调整，将“太阳呢就一个升”放在“东方呢就一个红”之前，将“他是人民大救星”提到了“咱们中国出了一个毛泽东”之前，主要是考虑到英语叙事的时间连贯性。例如，太阳升起来了（The sun rises），东方的大地才能映红（The East turns red）。在翻译过程中基本采用了直译，保留了原文意象，将这首流传久远的民歌表达的人民对领袖的由衷赞颂，以英语读者能理解的修辞方式传译出来。

76. 当上红军胆子大

当上红军胆子大，
妖魔鬼怪满不怕[①]。

打落飞鸟赶走狼[②]，
深山老林安下家。

当上红军本事大，
一心要为穷人家。

白日下山打民团[③]，
黑里[④]回村捉恶霸。

Our armymen are courageous

Who are the fearless warriors
They are the Red Army soldiers

---

① 满不怕：陕北方言，根本不怕，一点不畏惧。

② 打落飞鸟赶走狼：这里的“飞鸟”和“狼”比喻土匪恶霸和反动派。

③ 民团：民团是民国时期的地方武装，它多由地主组织，功能主要是看家护院，不列入正规军的编制。

④ 黑里：陕北方言，夜晚。

The enemies have been driven away
The deep mountains are safe to stay

The warriors are unbeatable
They fight only for the poor people

In the daytime they attack the Civil Corps
At night they fight the bully and landlords

译文浅析：

陕北民歌除了描写爱情外，还有一部分是描写陕甘宁边区的红军的。这首民歌歌颂红军在陕北英勇杀敌，赶走了反动派和土豪恶霸，为陕北百姓带来了不受剥削的生活。翻译这首民歌译文也要充满激情，用激昂澎湃的词语和句式再现共产党领导下红军的英勇威猛、不畏牺牲的精神气概。例如，“当上红军胆子大，妖魔鬼怪满不怕。”这两个句子融合在一起翻译，以一个问句“Who are the fearless warriors”开头，强烈加重了语气，然后引出问句的答案——红军战士，达到了原文所凸显的语义强化效果。“飞鸟”和“狼”指的是反动派，不宜保留直译，以免造成破坏生态的误解，所以决定将其统一译为“enemies”。“本事大”指的是红军骁勇善战，胜利不断，所以译为“unbeatable”。“民团”属于专业性词汇，指当时地主的武装，所以笔者保留了历史原貌，将其作为专业术语翻译为“Civil Corps”。歌词最后两句中的“白天”和“黑里”都在译文中保留下来，以此彰显红军战士白天和夜晚都在与反动派战斗。笔者尽量对全文的翻译都做到押尾韵，努力通过译文的节奏和韵律，体现红军战士为穷人打天下的斗志。

77. 打马茹儿[1]

自到如今三十一年整，
东沟里的马茹通刚红[2]。

上庄[3]盛个王大娘，
咱二人打马茹相跟上。

人家打马茹一大群，
小奴家打马茹一个人。

三九的狐子[4]满川跑，
解放军过来就把个对象找。

前庄里下雨后庄里晴[5]，
解放军过来安定咱们的心。

---

① 马茹：又叫作马茹子或蕤仁，灌木，高 1～2 米，核果为球形，呈红褐色或黑褐色。直径 8～12 毫米，无毛，有光泽，生于向阳低山坡或山下稀疏灌丛中。果实供酿酒、食用，也可药用。分布在陕西、甘肃、山西、内蒙古一带。

② 通刚红：陕北方言，大红。

③ 上庄：陕北方言，一个村庄中地势比较高的那部分被称为“上庄”，同理，地势相对比较低的部分被称为“下庄”，经常是，“上庄”在坡上，“下庄”在河川或低洼地带。

④ 狐子：陕北方言，狐狸。

⑤ 前庄、后庄：陕北方言，“前庄”指刚进村口附近的村民居住区，越往深处走则称为“后庄”，前后庄没有明显的界线，都是村民人为划定的。

人家打马茹二斗半，
小奴家打马茹打不下。

打下马茹卖成钱，
小奴家要穿花布衫。

Picking up prinsepia uniflora batalin

Decades of years have passed
The first time I see the wild fruit is red

Aunt Wang is my village neighbor
We pick up the fruit together

The others pick up fruit in couples
But pitifully I work and stay single

The winter foxes are eager for mates
The armymen like to have girlfriends

A sunny day comes after a thunderstorm
The armyman gives me a peaceful home
`

The others returned full loaded
I came back almost empty-handed

Hope to sell a good price

I'll buy a colored blouse

译文浅析：

这是一首起源于陕西榆林地区米脂县的信天游，现在流行于整个陕西全境。《打马茹儿》的地方文化特色很浓厚，对于并非生长在这块土地上的人，读懂这首民歌都是不容易的事情，何况把它翻译出来呢？而笔者是土生土长的陕北人，不但见过马茹儿，还亲自在山坡上打过马茹儿，吃过马茹儿，也卖过马茹儿。所以，笔者能够在翻译中代入自己的亲身感受，也比其他人有更多的文化理解优势。歌词中有几句非常难处理，比如，"三九的狐子满川跑""前庄里下雨后庄里晴"等，三九天是陕北最寒冷的日子，狐狸们满山跑是在觅食或者求偶。"前庄"和"后庄"是一个村庄的两块，由本村的中心地界分开。"前庄里下雨后庄里晴"，这里指的是时势变化，主要为引出下句解放军来了，改变了村庄的旧貌，人民过上了幸福的日子。歌词中"解放军过来就把个对象找"实际上叙述姑娘和解放军哥哥成了一对，再也不要一个人去打马茹儿了，所以将"解放军过来安定咱们的心"译成"The armyman gives me a peaceful home"。对于此句的理解可能因人而异，笔者主要依个人理解的民歌隐含的意义和英语的叙事习惯进行了翻译，感觉基本上达到了对等。

78. 跟上队伍上延安

从前女人受熬煎[①]，
好似掉进井里面。

红军来了世道变，
砸烂封建铁锁链。

脚不缠，发不盘，
剪个帽盖搞宣传[②]。

当上女兵翻大山，
跟上队伍上延安。

With the troops I came to Yanan

In the past women were treated unfair
And they lived in the depth of despair

The Red Army brought a new world
They smashed the feudal stronghold

① 熬煎：陕北方言，煎熬。
② 帽盖：陕北方言，女子留的一种短发型，看上去像是头上戴着一顶帽子。

I needn't bind my feet and coil my hair
And become a female propagandist solider

As a female soldier I fought like a man
With the troops I came to Yanan

译文浅析：

这首歌颂红军、表达妇女觉醒的陕北民歌，歌词读起来朗朗上口、畅快淋漓。共产党红军来到陕北，砸烂了禁锢人心的封建枷锁，使人民获得了解放，特别是把妇女从水深火热的卑微处境中解放了出来。妇女不用再缠脚、再盘发了，她们可以和男人享有同等的自主权，甚至可以参加红军打仗。翻译这首歌时很感动，笔者的亲戚家人也饱受过封建社会缠脚盘头的煎熬，如今笔者愿用英语叙述红军来到延安带来的巨变。开始两句中把妇女受煎熬比作"掉进井里面"，翻译时必须清楚一个文化背景，在陕北黄土高原，海拔很高，水井的深度一般都在 50 米左右。用"掉进水井"做比喻，就是表达对生活彻底绝望，故译为："And they lived in the depth of despair"。另外一个比较难以琢磨的是"世道变"的翻译，陕北人把历史上的改朝换代称为"世道变"，那么红军来了也用这个词，就说明红军要给陕北带来新气象，所以译为"brought a new world"，以此表现人民生活发生了根本变化。从第三组歌词开始，笔者采用了第一人称的叙事方法，故事内容显得更真实，叙事也更加连贯。缺憾在于笔者将"翻大山"译为"fought like a man"，原文说明了当女兵的艰难，要翻山越岭、跋山涉水，像男人一样奋勇杀敌，译文采取了意译，代价是无法让读者体会陕北红军在陕北生活打仗经常翻越大山和沟壑的艰苦。

79. 南泥湾[①]

来到了南泥湾，
南泥湾好地方。

到处是庄稼，
遍地是牛羊。

往年的南泥湾，
到处是荒山，没呀人烟，

如今的南泥湾，
与往年不一般。

再不是旧模样，
是陕北[②]的好江南。

学习那南泥湾，

---

① 南泥湾：位于陕西省延安城东南 45 公里处，这里水源充足，土地肥沃，人烟稠密，生产和经济都十分繁荣。到了清朝中期，清统治者挑起回汉民族纠纷，两族民众互相残杀，使这里变成野草丛生、荆棘遍野、人迹稀少、野兽出没的荒凉之地。1941 年，为克服解放区面临的日军“扫荡”、国民党顽固派封锁以及自然灾害造成的困难，响应毛主席和党中央“自己动手，丰衣足食”的号召，八路军三五九旅在南泥湾开展了著名的大生产运动。改革开放以来，南泥湾得到更好的开发和建设，特别加强了自然生态的保护和建设。1992 年 4 月，被陕西省政府公布为第三批重点文物保护单位。

② 陕北：陕西北部的缩写，主要包括延安市和榆林市所辖的地区。

处处是江南。

又学习来又生产，
三五九旅是模范，

咱们走向前，
鲜花送模范。

Nanniwan is beautiful

Here comes Nanniwan
A beautiful place in Yanan

Crops cover the fields
And herds enjoy the grass

It was uninhabited yesterday
And only barren hills lay

Today’s Nanniwan is nice
It’s hard to recognize

Nanniwan is so beautiful
She makes the South China disgraceful

If you pay a visit to it
You’ll forget South towns and village

Fighting war and supplying itself
The Red Army makes a good example

Let’s send flowers to the soldiers
They are really courageous

译文浅析：

《南泥湾》是全国家喻户晓的一首民歌，甚至很多外国人也会哼上几句。歌曲优美动听，既有革命歌曲的激情，又有抒情歌曲的浪漫，让人陶醉其中，回味无穷。翻译这首歌需要进行一些改编和意译，以达到整体歌曲的叙事连贯和衔接。这首歌虽然以抒情为主，但是又有叙事，展现了红军在南泥湾艰苦奋斗的历程，他们把往昔的荒山野岭变成今天的沃土良田和西北江南。在翻译中，笔者运用了创造性改写的手法，比如，将“学习那南泥湾，处处是江南”转译为“If you pay a visit to it /you’ll forget South towns and village”。表面看字面意思与原文相距甚远，实际上很好地传达了歌词的深层含义——来到南泥湾会让人忘记江南，在此流连忘返。再有“如今的南泥湾，与往年不一般”，笔者译为“Today’s Nanniwan is nice / It’s hard to recognize”，处理上看似脱离了原文，但是只要细读，就会发现翻译成“hard to recognize”准确无误，忠实再现了原文要表达的意图——南泥湾已旧貌换新颜。如果与往年相比没有多大变化，那应该一眼就能够认出来，所以这样的改译合乎整体歌词的意义和叙事。

80. 想延安

山丹丹开花[1]红艳艳，
咱陕北有个好延安。
好延安红彤彤，红彤彤，
住着朱德毛泽东。

毛泽东朱总司令，
领导咱们闹革命。
闹革命救中国，救中国，
普天下同唱解放的歌。

Missing Yanan

The blooming flowers here are Shandandan
The Red Town in Nothern Shaanxi is Yanan
They say the flowers tint the town redder
Actually Zhu and Mao live here

Mao Zedong and Zhu De are great

---

① 山丹丹开花：山丹丹花又名红百合，多年生长的球根花卉，成年种球开花 8 至 12 朵，花期为 6 月中旬到 9 月中旬，多在黄土高原的阴坡上与杂草伴生。因其花色鲜红、生命力极强受到人们的喜爱。

The revolution they lead us to make
We overturn the old soceity
And the people celebrate a victory

译文浅析：

《想延安》是一首经过改编的陕北民歌。这首歌备受听众的喜爱，曾被许多知名歌手演唱过。歌词由两节八句构成，每两句押尾韵，上节引出人物，下节叙述行为，两节一起讲述一个完整的故事。笔者在 2020 年 12 月 15 日动笔翻译前，正好有机会去延安大学进行学术交流。多年后再次走进杨家岭、王家坪和枣园等革命旧址，重温了领导人在延安窑洞挥斥方遒、指点江山的伟大历史时刻，对这首红色歌曲有了更深刻的理解。随后在休息时即兴翻译了这首歌词，感觉译文从形式到内容都比较好地传达了歌词的要旨。上节前两句歌词逻辑关系并不严密，“山丹丹开花红艳艳”描写的是陕北的“山丹丹花”，而“咱陕北有个好延安”描写的则是革命圣地“延安”，两者没有密切的联系。但是陕北人都熟悉“山丹丹花”，这种山花朴素、耐旱，每逢夏季漫山遍野盛开，染红了山坡。同时，延安是中国红色革命的摇篮，中央红军在这里发展壮大，红色文化也由此走向世界。这样一来，就可以通过一个“红色”建构二者的关系。最难翻译的是上节的第三句“好延安红彤彤，红彤彤”。歌词译者要清楚“延安为什么红彤彤”，等读完第四句“住着朱德毛泽东”就已经找到了答案，即“延安红彤彤”不仅因为盛开着“山丹丹花”，更是因为这里住着带领人民进行红色革命的共产党领导人毛泽东和朱德，所以笔者加上了“They say”和“Actually”两个词，前后关系便一目了然。

81. 绣金匾[1]

正月里闹元宵，
金匾绣开了。
金匾绣咱毛主席，
领导的主意高。

二月里刮春风，
金匾绣的红。
金匾上绣的是
救星毛泽东。

一绣毛主席，
人民的好福气，
您一心为我们，
我们拥护你。

二绣总司令，
革命的老英雄，
为人民谋生存，
能过好光景。

① 绣金匾：上面绣着金字的丝制横幅。

三绣周总理，
人民的好总理，
鞠躬尽瘁为革命，
我们热爱您。

Embroidering red banners

What a joyous Lantern Festival
The celebration is special
They embroider red banners to praise
Chairman Mao whose idea is unusual

With the spring wind blowing
The embroidery is on going
The golden silk thread turns into
A name of the great savior Mao Zedong

Embroidering they start
Chairman Mao is on the top part
He serves people wholehartedly
People love him with all heart

The commander Zhu comes
A revlutionary hero he is
He fights his whole life
For people to live in happiness

Zhou Enlai is on the banner
He is our best Premier
Who devotes his life to his country
And his people love him forever

译文浅析：

《绣金匾》是一首抗日战争时期流行于陕甘宁边区的传统民歌，后来传唱至全国。这首歌是新中国成立后以甘肃庆阳民歌为基础改编而成的，抒发了广大人民群众对毛主席、朱总司令、周恩来总理的深厚情意。歌曲旋律明快流畅，起伏自然，层次分明，结构严谨。翻译这首歌译者不能拘泥于原歌词的表层意义和句序安排，需要打开思路，做到忠实原文内在含义而不受形式束缚。借此以第一节四句举例说明这首歌词的翻译原则、基本策略和处理方法。原歌词叙事连贯，结构整齐，先交代了热闹的元宵节气氛，然后描写了“绣金匾”的庆祝活动，最后叙述了为何要绣毛主席，读起来朗朗上口、优美动听，符合汉语诗歌审美习惯。但如果按照原来的描写顺序译成英语，就会有展现流水账之嫌。为了避免“流水账”式译文，笔者进行了大胆的重构，将前两句译成“What a joyous Lantern Festival /The celebration is special”，直接指出今年的庆祝活动较往年特殊（special）一些，然后在下一句点出特殊的活动是“绣金匾”，所以译为“They embroider red banners to praise”。虽然句序有所改变，但译文没有损失主要信息，忠实传递了原歌词的含义。

82. 咱们的领袖毛泽东[①]

高楼万丈平地起
盘龙卧虎高山顶
边区的太阳红又红
边区的太阳红又红
咱们的领袖毛泽东
毛泽东

山川万里气象新
五谷生长绿茵茵
来了咱们的毛主席
来了咱们的毛主席
挖断了苦根翻了身
翻了身

自力更生闹革命
开展了生产大运动
为了革命得胜利
为了革命得胜利
跟着咱领袖毛泽东，毛泽东
跟着咱领袖毛泽东，毛泽东

---

① 这首歌有时也被命名为《高楼万丈平地起》。

Mao Zedong, the leader, is there

Tall buildings rise from the ground
Tigers live on the hilltop
The red sun shines in the border area
The red sun shines in the border area
Mao Zedong, the leader, is there
Mao Zedong

The country takes on a new look
Green crops clothe the land
Since Chairman Mao comes here
Since Chairman Mao comes here
People will never be oppressed
never be oppressed

The Red Army fights the war
And produces grain and all
For the victory of revolution
They follow the leader, Chairman Mao
They follow the leader, Chairman Mao

译文浅析：

《咱们的领袖毛泽东》这首陕北信天游，深切表达了陕北人民对毛泽东的爱戴、景仰以及对毛泽东带领人民创造新生活的由衷感谢。我们都知道，陕北是红色根据地，共产党曾经在这里领导人民闹革命。然而，这里曾经落后贫瘠，人民生活穷困潦倒，并且受到地主的盘剥，受到官僚的欺压。红军长征到达这里之后，壮大了老根据地的力量，带领人民反抗官僚、地主，让人民过上了没有剥削和压迫的生活。这首歌唱出了陕北人民对毛主席、共产党的拥护，唱出了陕北人民心中的爱国情怀。歌词最难翻译的应属于第一段，其中第一句至第四句都是起兴句，第五句是比拟句。前四句进行铺垫，第五句点出歌颂的对象。歌词的难译之处仍然是如何在译文中建立前四句的虚写和第五句的实写之间的关系。仔细阅读你会发现，“高楼万丈”也得从地面一寸寸拔高，没有空中楼阁；“龙”“虎”是中国传统文化元素中最普遍的符号，象征超凡的力量；第三、四句重复衔接，突出了“边区的太阳”格外红。作为农业区的陕甘宁边区地广人稀，早晨太阳升起时东方的天边一览无余，像是有无数条淡红色飘带在炫舞；而黄昏日落时，亦可以饱览天空呈现的强烈奔放的橘红色。细细品味歌词便能体会，中国革命的成功也像万丈高楼起于平地一样，需要从根据地开始逐渐实现全国解放，而毛主席、共产党领导的人民军队像猛虎一般不畏艰险，敢于推翻一切反动派，带领人民取得革命胜利，让自由的阳光驱散黑暗、照耀中国大地。鉴于此，笔者大胆地将第五句译为“Mao Zedong, the leader, is there”，突出了这一切都是在毛泽东作为领袖所发挥的历史作用。这里有一点需要给译文读者指出，在翻译“盘龙卧虎高山顶”一句中，笔者有意省略了“龙”这个意象，以避免由于中西文化差异所造成的误解。

83. 寻汉[1]要寻八路军

吃菜要吃白菜心，
寻汉要寻一个八路军，
名望实在好。

三号号盒子[2]红缨缨，
小哥哥出发要打日本，
小妹子送出村。

枣溜溜[3]马儿银鬃鬃，
胸前你又挂上望远镜，
哥你多威风。

哥哥你放心上前线，
小妹子后方闹生产，
胜利了再见面。

---

① 寻汉：陕北方言，女子嫁汉。

② 三号号盒子：又称盒子枪，手枪的一种，也叫驳壳枪。三号指的是驳壳枪的型号，有一号、二号、一把、二把等多种分类。

③ 枣溜溜：陕北方言，红枣色的。

Marry an Eighth Route Army man

Choose to eat a heart of cabbage
Marry an Eighth Route Army soldier
For they are far-famed

The pistol with red tassel
The Japs you will go kill
So I come say farewell

You're on the red horse
With a pair of binoculars
Man, you look valorous

Fighter, to the front with all your fire
I provide your army from behind
On victory day, we shall unite

译文浅析：

这是一首相对经典的陕北民歌，与以往注重描述风俗人情的歌词不同，这首民歌的歌词中还反映了当时特殊的历史背景。那时，中国人民正处在抗日战争最艰苦的时期。由于落后的经济条件和混乱的国际国内环境，八路军担负着创建抗日根据地、钳制与消耗日军、发展壮大自身力量的基本任务，实行独立自主的山地游击战的战略方针。基于这样的特殊背景，这首民歌从一个侧面展现了八路军辞别亲人、奔赴战场的牺牲精神，展现了陕北人民为支持抗战所做出的奉献。因而这首歌的歌词里既有爱情故事，又饱含对八路军的赞美。歌词翻译要体现语言美，重视韵律，使歌词易于演唱。为了实现这样的目标，英译文中大量使用韵律和修辞手法，以使歌词富有诗意。例如，“For he is far-famed”“Fighter, to the front with all your fire”运用了压头韵的修辞手法，使得歌词不仅易于演唱，还具有听觉上的美感。译文中还有几处运用了双关的修辞手法，例如 “Fighter, to the front with all your fire”中的 “fire”，不仅指勇士们在战场上使用的枪火，还指他们保家卫国的赤诚；在翻译“哥你多威风”的时候，笔者将译文处理成为“Man, you look valorous”。这里的“man”既是年轻女孩对参军小伙的男子汉身份的肯定，同时也是对他们成为八路军后意气风发、威风凛凛的外表的赞叹，进一步表现出了“小妹子们”的钦慕之情，呼应了该民歌的主题——“寻汉要寻八路军”。

84. 送公粮[1]

翻过了（那个）一架山，走过了一道道梁。
吆上[2]我的（那个）毛驴驴去送公粮。

把公粮（那个）送在前线上，
支援咱们的解放军多打老蒋。

咱边区（那个）人民热爱子弟兵，
送公粮（那个）支援前线表一表咱们的心。

Transport grain for the army

I go across hills and dales all the way
My donkey walks ahead carrying grain

I transport grain to the front soliders
And support our army to defeat Chiang's

---

① 公粮：交公粮是民间的俗称，所谓“交公粮”是指政府对一切从事农业生产、有农业收入的单位和个人征收的一种税，又称农业税。歌词表现了共产党领导的陕甘宁边区政府实行减租减息，翻身的农民踊跃上缴公粮、支援人民子弟兵打胜仗的革命热情。

② 吆上：陕北方言，指大声吆喝着赶牲口。

Our love for the army is beyond words

And actions speak louder than our hearts

译文浅析：

《送公粮》描写的是发生在解放战争时期陕北根据地人民为革命交公粮的场景，是一首极为典型的红色革命歌曲。歌词深入人心，押韵上口，表达了艰苦斗争的岁月里，边区人民对于革命胜利的渴望和对美好生活的向往。整首民歌以第一人称演唱，代入感很强，使人物心理刻画更细腻，情感也更加立体动人。首组句子开篇点题，描绘了交通条件的艰苦，“翻过了（那个）一架山，走过了一道道梁”说明路途遥远交通不便，故采取直译方法，将之处理成“I go across hills and dales all the way”，以便尽可能保留原文意象。下句直译为“My donkey walks ahead carrying grain”，原因有二：其一点明主题“送公粮”，其二句尾“way”与“grain”构成押韵，便于演唱，但省去了“吆”这一难以掌握的声音程度词。在翻译第二组句子时，上句译文重复“公粮”（“grain”）达到叙事衔接，下句中“咱们的解放军”指的是“中国人民解放军”，其属于人民的军队，所以站在叙事者的立场上将之直译为“our army”，译文放弃其专有名词的译法既突出了“子弟兵”的含义，也再现了民歌曲风的简明轻快。此外，本句中的“老蒋”不单指蒋介石本人，也指蒋介石的国民党军队，故译为“Chiang's”益于目标受众理解。最后一节皆用意译处理。这节的“公粮”“前线”“子弟兵”即“解放军”，前文皆有所出现，意译可免于重复。“beyond words”这样的表达更加凸显了人民对子弟兵的热爱难以言表，唯有用行动支持部队打胜仗，推翻反动统治得解放的愿景，积累语势至高潮，升华了全曲的感情基调。

85．山丹丹开花红艳艳

一道道的（那个）山来（哟）一道道水，
咱们中央红军到陕北。

一杆杆的（那个）红旗（哟）一杆杆枪，
咱们的队伍势力壮。

千家万户（哎咳哎咳哟）把门开（哎咳哎咳哟），
快把那亲人迎进来（依儿哟儿来巴哟）。

热腾腾的油糕[①]（哎咳哎咳哟）摆上桌（哎咳哎咳哟），
滚滚的[②]米酒捧给亲人喝（依儿哟儿来巴哟）。

围定亲人（哎咳哎咳哟）热炕上坐（哎咳哎咳哟），
知心的话儿飞出心窝窝（依儿哟儿来巴哟）。

满天的乌云（哎咳哎咳哟）风吹散（哎咳哎咳哟），
毛主席来了晴了天（依儿哟儿来巴哟）。

千里的雷声（哟）万里的闪，
咱们革命的力量大发展。

---

① 油糕：油炸糕，用软黄米面蒸熟再油炸而制成的糕点。
② 滚滚的：陕北方言，滚烫的。

山丹丹的那个开花（哟）红艳艳，

毛主席领导咱们打江山。

Red lily flowers bloom all over the mountain

Across mountains and rivers one after another

Arrive at Northern Shaanxi our great warriors

Red flags flutter and rifles point skyward

Our troops can conquer the whole world

All the households open their doors

They warmly welcome the dear soldiers

Fresh and hot fried cakes are served on the tables

Boiling rice wine is poured into glass

Sitting around our soldiers on the brick bed

Warmhearted talk without an end

Dark clouds are blown away

Chairman Mao comes with blue sky

Like the raging lightning and thunder

Our revolution team grows mightier

Red Lily Flowers Bloom all over the Mountain
Chairman Mao leads us in fighting for liberation

译文浅析：

这是一首广为传唱的陕北民歌，20 世纪三四十年代，土地革命、抗日战争、解放战争等为陕北民歌增加了创作素材，构成陕北民歌的新元素。从传统民歌到新民歌，是陕北民歌经历的一次质的飞跃，也是陕北民歌的一次革命性蜕变。《山丹丹花开红艳艳》描述红军长征胜利抵达陕北时，正逢山丹丹花绽放于漫山遍野的时节。这首歌旋律优美动人，曲调明亮宽广，是陕北劳动人民情感的释放，也是陕北人民生活最直接的反映。歌曲抒发了陕北人民对共产党的崇敬之情，描绘了一幅红军战士革命生活的图画，同时也展现出当时陕北人民的朝气、乐观、向往美好生活的精神面貌。歌曲格式为信天游，形式灵活自由，每两句为一小节，起到了押韵的作用。有的一节表达一个意思，有的几节组成一个部分，表达比较繁杂的意思。歌曲调子自由，简单易唱，每段常转韵，多用比兴叠字和衬字。例如，“道道”“杆杆”“热腾腾”“滚滚”“心窝窝”“山丹丹”“红艳艳”等。一首歌中大量运用叠音，既增强了音乐性，也增强了文学性，唱起来亲切而富有感染力。但是翻译起来并不容易，我们得考虑两种语言的差异，不能为保留叠字而不顾译入语表达习惯。在此仅举一例以说明。笔者在处理第一乐段中的“一道道的（那个）山来（哟）一道道水”时，直接将之译为“Across mountains and rivers one after another”，用“one after another”代替了原歌词中的叠字，表达了红军战士一次次进入困境，但无所畏惧，最后抵达陕北的顽强精神。这样处理使译文与原歌词在内涵及韵律上基本做到了对等。

86. 翻身道情

太阳一出来（哎咳哎咳……咳咳咳）满山红，
共产党救咱们翻了（呦呵）身（哎咳呀）。

旧社会咱们受苦的是人下人（哎咳哎咳呀），
受欺压一层又一（呦嗬）层（哎咳呀）。

打下的粮食地主他夺走（哎咳呀），
做牛马，受饥寒，怒火难平（哎咳呀）。

毛主席领导咱们闹革命（哎咳呀），
受苦人出苦海见了光明（拉哎咳呀）。

往年咱们眼泪肚里流（哎咳哎咳呀），
如今咱站起来来做主（呦嗬）人（哎咳呀）。

天下受苦人是一家人（奥哎咳哎咳呀），
大家团结闹翻（呦）身（呀），
（哎咳哎咳依呀哎）大家团结闹翻身。

A Song of Liberation

The morning sun tints mountains red
The Communist Party makes us well-fed

Never foget the old days we spend
We peasants were deeply oppressed

The landlords seized what we ploughed
We suffered from hunger and cold

Chairman Mao leads us up to light
Out of hell we're madly rejoiced

Yesterday we could only endure in tears
Now we stand up as our own masters

The oppressed on earth are of one family
Let us unite and fight for victory
Fight for victory

译文浅析：

《翻身道情》是一首反映陕甘宁地区实行土地改革后人民当家做主的陕北民歌。它是由陕北道情调填词而成的，描写了贫苦人民在共产党的领导下翻身做主的幸福心情。这首歌曲调高亢嘹亮，节奏跳跃奔放，情感热烈饱满。在译成英文时，应注意句子不能过长，句式不可过于臃肿。第一组句主要描写劳苦大众被共党解救后翻了身的喜悦心情，像是太阳出来照彻山岗，感情真挚热烈。所以笔者将之译成“The morning sun tints mountains red”，基本上还原了歌曲中所描绘的情景。第二组句中的“旧社会咱们受苦的是人下人”和“受欺压一层又一层”应该放在一起理解，两句表达同一个意思——穷苦人身处社会底层，受尽了数不清的剥削和压迫。考虑到英语表达习惯，笔者将上句译为“Never foget the old days we spend”，自然引出下句“We peasants were deeply oppressed”，完全达到深层的对等，而且与下文所述毛主席带领人民闹革命求解放形成鲜明的对比。“往年咱们眼泪往肚里流”反映了当时的陕北人民受尽地主的欺压，直译成“Yesterday we could only endure in tears”，更容易理解，也更加能体现原曲想要表达的情感。译文的处理在追求意义对等的基础上，也尽量做到形式上的对等，努力保留了原歌词的押尾韵，使译文读起来上口，译配起来音节和格律一致。在此唯一需要指出的是，在翻译的过程中，笔者省略了一些歌唱时的衬音（哎咳、依呀哎），因为歌唱时只要根据节奏加上则可，无须在此专门译出。

87. 横山[1]里下来些游击队

对面（价）沟里流河水，
横山里下来些游击队。

一面面（的个）红旗硷畔上插，
你把咱们的游击队引回咱家。

滚滚的（个）米汤热腾腾的（个）馍，
招待咱们的游击队好吃喝。

二号（的个）盒子（枪）[2]红绳绳[3]，
跟上我的哥哥闹革命。

你当兵来我宣传，
咱们一搭里闹革命多喜欢。

红豆角角熬南瓜，
革命（得儿）成功了再回家。

---

① 横山：山名，在榆林市横山区南部，海拔约 1200~1400 米。
② 盒子枪：驳壳枪，手枪。
③ 红绳绳：红樱子，拴在枪把上做装饰用。

Guerrillas march down Hengshan valley

A river is runing the distance the eye can see
I see guerrillas march down Hengshan valley

Red flags flutter outside the yard
We welcome soldiers with the best cooking art

The millet congee and steamed buns are served
We treat the soldiers with whatever we've had

The officer has a pistol with red tassel
I'll follow up him and engage in battle

You fight at the front and I do at the rear
We enjoy making revolution together

Fresh red beans are cooked with pumpkins
And you won't return until the victory wins

译文浅析：

这首歌是“信天游”音乐风格最典型的代表曲目之一，是 20 世纪 30 年代土地革命时期，陕北群众利用传统民歌曲调填词编唱而成的。歌词叙述了横山地区游击战争风起云涌，红军游击队活动频繁，他们回到村子和群众一起，亲切地拉家常、讲革命，群众用最好的家乡饭招待他们，甚至也要跟上红军哥哥闹革命的热烈场面。第三组句描述了陕北农民招待游击队的情景。歌词中“热腾腾的馍”是老百姓平时舍不得吃的，他们一般只能吃到糠面团窝窝头，但为了招待游击队，他们倾其所有，把家里最好的都拿出来，充分展现了他们对游击队闹革命的强烈支持。所以笔者在翻译这组句时，上句采用异化法（保留源语文化元素），下句采用归化法（采用译入语表达范式），译为“The millet congee and steamed buns are served/We treat the soldiers with whatever we've had”，这样更能符合目的语读者的理解方式，也不失原文的质朴。第六组句中描述了群众与游击队之间的关系就像“红豆角角熬南瓜”一样彼此交融、密不可分。村里年长者或父母经常嘱咐将要当兵的青年：“家里没啥好吃的，只有‘红豆角角熬南瓜’和洋芋了，你们跟上游击队好好干，等革命成功了再回家。”鉴于此笔者采用了“not...until”结构，表达了村里的人们对革命胜利的信心。

88. 刘志丹[①]

正月里来是新年，
陕北出了个刘志丹。
刘志丹（啊）真勇敢，
他率领队伍上（呀）衡山（哪），
敌人完了蛋。

三月里来三月三，
人人歌唱刘志丹。
刘志丹（啊）是清官，
地主的钱粮分给庄稼汉（哪）。
秋毫也不沾。

六月里来大热天，
麦收时节在眼前。
刘志丹（啊）不怠慢，
他指挥军队下（呀）麦田（哪），
支援搞生产。

十月里来天气寒，

---

① 刘志丹（1903—1936）：陕西保安县（今志丹县）人，刘志丹，名景桂，字子丹、志丹。陕甘革命根据地的创始人和主要领导人之一，曾任中国工农红军陕甘游击队总指挥，1936年4月率红军东征，在山西中阳县三交镇战斗中光荣牺牲。

敌人趁机搞倒算[①]。
刘志丹（啊）一露面，
妖魔鬼怪连（呀）锅端（哪），
人人都称赞。

Liu Zhidan

What do we sing for New Year celebration
We sing to praise a local brave man
Whose name is Liu Zhidan
He led a troop up to Mount Hengshan
Away the enemy ran

What do we sing in Spring
We sing to praise Liu as an upright official
Who is respected by people
He seized landlord's food to the peasants local
He got nothing at all

What do we sing in Summar
We sing to praise his love of peasants
Liu came up with his troops
And helped the peasants to get in crops
He supported peasants

① 倒算：陕北方言，算账，报复。

What do we sing in Winter
We sing to praise his military talent
Once Liu's army turned up
The enemy was wiped out
Everybody clapped

译文浅析：

这是一首歌唱英雄刘志丹的陕北革命民歌。刘志丹是陕北人民崇拜的英雄，在陕北人心中具有很高的威望。笔者出生于陕北吴起，最早归保安县，后来保安县分为志丹县和吴起县。对于家乡的这位传奇英雄，笔者有着深厚的感情。鉴于此，笔者在翻译时尽力表现出刘志丹的革命精神和英雄事迹。这首歌是本书所选歌曲中最难翻译的一首，要求译者要有比较高的英文写作水平和双语转换能力。原歌词的表达完全是汉文化的思维习惯，按照一年四季的时间顺序歌颂了刘志丹的革命事迹，中国读者读起来或听起来不会遇到困难，但是英语表达需要按照一定的逻辑思维逐步推进，如果按照原歌词的形式进行翻译，可能会沦为流水账式的记录。所以笔者在翻译时大胆调整句序，在忠实于内容的基础上，摆脱原文在语言形式上的束缚，以此适应译文的逻辑联系和表达习惯。另外，对于四节开头的每个句子做了统一处理，一律用英文句式“What do we sing...”。这样看似与原来四句话不够对等，但细品后会发现译文与原句在内容上完全等效。翻译时还将译文做了一些细节上的酌改，例如第一组句中的“敌人完了蛋”，表明敌军闻风丧胆、落荒而逃，笔者将其译为“Away the enemy ran”，而不是“The enemy ran away”，做了句式倒装，这样处理符合英语表达习惯，也押了尾韵，读来节奏效果大大增强。

89. 当红军的哥哥回来了（二）

听见（那个）下川马蹄响，
扫炕（的那）铺毡换衣裳。

鸡娃子儿叫来狗娃子儿咬，
当红军的哥哥回来了。

头戴（那个）军帽身穿灰[1]，
骑马（的那）背枪看妹妹。

羊肚子毛巾三道道蓝，
哥哥（的那）跟的是刘志丹。

军号（那个）吹的嘀嘀哒，
哥听（的那）妹妹一句话。

红豆（那个）角角熬南瓜，
革命（的那）成功再回家。

① 身穿灰：这里指身穿蓝灰色制服。

My armyman should enter the yard

At the sound of horse hoffs
I make beds and wear new clothes

The rooster crows and dog barks
My armyman should enter the yard

He bears a rifleon the horse back
With light blue unform and soldier cap

Blue-white headscarf he once wore
Now he fights in Liu's army for the poor

The sound of burgles urges him to go
I have one more word to let him know

Fresh red beans are cooked with pumpkins
And you won't return until the victory wins

译文浅析：

这是一首起源于陕西米脂县的民歌。描写了处在水深火热之中的陕北农民，不堪忍受地主和官府的欺压，在共产党的引导下主动积极地投身革命的情景。在穷苦人的心中参加红军是光荣的，即使有短暂的回林驻扎，号声一响也要随队出发，亲人之间也会再次分离。但这样的别离带着对胜利的期待，因而表达的坚强胜于伤感。翻译时，为了更好地表达原文的主旨，笔者也会舍形取义，采用意译和变译的手法。前两句描写了得知心上人随部队归来，妹妹喜出望外，快速“扫炕”“铺毡”“换衣裳”，迎接心上人回家。“扫炕”和“铺毡”含有典型的陕北文化元素，笔者直接译为“make beds”，虽删减了原歌词的意象，但避免了直译歌词过于冗长，维持了原文的节奏和韵律。第二节通过“鸡娃子儿叫”和“狗娃子儿咬”，妹妹判断心上人应该进院子了，故译文用了比较肯定的推测表达“should enter the yard”。第三节描写了心上人马背戎装，威武高大，令妹妹自豪、周围邻居羡慕。第四节突然出现“羊肚子手巾三道道蓝”，与第三节中“哥哥”戎装一身很难产生联系。其实这只是信天游随意起兴，为了引起比拟句“哥哥（的那）跟的是刘志丹”罢了。但是英语译文还是需要建构内在逻辑关系，所以笔者大胆建构了两句间的联系，即“哥哥”参军前是一个围着羊肚子毛巾的农民小伙子，作为受苦人加入了刘志丹领导的穷苦农民组成的部队，故译为“Blue-white headscarf he once wore/Now he fights in Liu’s army for the poor”，从内容到形式都基本上实现了与原歌词对等，还具备了舞台演唱的韵律。

90. 我送哥哥去当兵

我和哥哥对对门，
同吃一水长（呀么）长成人。

受起苦（来）紧相跟，
受苦人恩爱情意深。

我送哥哥去当兵，
跟上红军干（呀么）干革命。

绣疙瘩[1]手巾表心情，
海枯石烂不（呀么）不变心。

但愿哥哥不要牵心[2]，
早晚盼你庆（呀么）庆功信。

革命成功你回家中，
红旗下面来（呀么）来成亲。

---

① 绣疙瘩：陕北方言，一指绣的图案富有立体感，也指各种绣线绣出的图案比较厚实，用手摸起来凹凸感强。

② 牵心：陕北方言，牵挂。

I'll see you off to the Red Army

We grow up as neighbours
And drink water of the same river

We go through hardships together
And our love becomes deeper

I see you off to the Red Army
And hope overturn the old society

I send you a handkerchief
On which I embroider an eternal love

Don't worry about me, dear
I expect you to win an honour

The day when you return in victory
The red banner witnesses our wedding ceremony

译文浅析：

这是一首送军行的革命民歌。第一节主要是男女主人公生活环境的描写，两人一起成长，同甘共苦，青梅竹马。笔者采用直译的方法来处理生活境遇的描写。第一节的生活描写引出第二节的情感描写——“受起苦（来）紧相跟，受苦人恩爱情意深”。这节主要表达思想感情，因此翻译时笔者舍形取义，用意译的手法将其处理为“We go through hardships together/And our love becomes deeper”，不仅传达了原文意义，而且符合译文读者的表达习惯，还很好地押了尾韵。第三节中的“跟上红军干（呀么）干革命”则运用了直译的方法。“干革命”一词在红歌里不断出现，语义虽比较抽象，但包含内容丰富，不能一概译为“make revolution”。根据上下文叙述内容判断，笔者在翻译时将“干革命”意译为“overturn the old society”，这样就把歌词要表达的意义具体化。最后一句“红旗下面来（呀么）来成亲”有很深刻的革命精神内涵，因此这里的红色元素应该保留。笔者在译文中对“红旗”是直译（“red banner”），但在整体表达上将原句创造性地译为“The red banner witnesses our wedding ceremony”。句中“witness”一词用作动词，指的是“红旗”成为我们婚礼的见证人。

附录：陕北民歌译后记

“中国故事”就是指发生在中华大地上的，值得人们歌颂和弘扬的民族文化记忆。王一川认为，中国故事就是“中华民族这个多族群共同体生活中的事件及其过程的记录形式”。中国故事内涵深刻，外延广远，形式多样。例如，我们日常阅读的小说和诗歌、观看的戏剧和电影、欣赏的音乐和绘画、体验的风土和人情等都属于典型的中国故事。在建设“人类命运共同体”的当下，我们应该与全世界分享中国故事，用中国故事体现的“道义感召力”为世界注入良性驱动力，为世界贡献中华文化独有的魅力。然而，如何把包含着中国传统文化和中国形象的中国故事完整、准确地呈现给世界，仍然是一个需要学界探讨和亟待解决的问题。本书选择陕北民歌歌词翻译为研究对象，探究如何有效地译介中国民间文化，并由此推演出普遍适合中国故事外译的原则、策略和方法，力图为中国故事外译研究添砖加瓦。

1. 由谁来讲故事

陕北民歌历史久远，广为流传，堪称中国传统文化的瑰宝，被国家列为非物质文化遗产。陕北民歌具有深厚的文化根基和独特的审美意蕴，翻译陕北民歌，讲好陕北文化故事，不是随意为之就可以做好的，所以由谁来讲陕北民歌故事是首先要解决的问题。

陕北民歌的每个字、每个音符上都散发着泥土味，是土生土长的老百姓用原生态的方式去表达最朴素的情感，所以讲故事的人应该是真正懂得陕北方言、熟悉陕北文化元素的人。如果没有在这块土地上生活过，没有品尝过这里苦涩的井水，没有闻到过老农身上的汗味，就会缺少深入骨髓的文化认同感，那么就很难讲好发生在这片土地上的故事。

陕北民歌具有民歌的美和诗歌的韵，既有《诗经》之古朴，又有史诗之恢弘。可以说，陕北民歌就是一部陕北人民生存奋斗的史诗，也是一种独具特色的地方诗歌史。陕北民歌的翻译要求译者除了讲好其中的故事外，还要传达民歌的音乐节拍和旋律，这就需要译者对音乐有一定的了解。歌曲译配家薛范先生甚至认为“音乐是歌曲翻译的第一要素”。邓惠君通过研究薛范60年来译配的歌曲，指出薛范的歌曲译配强调音乐属性，讲究文学审美，这完全“基于他出色的艺术感觉和审美素养，基于他一生对音乐和文学矢志不渝的爱”。由此可见，陕北民歌翻译需要有文学素养和音乐知识的外语专家来做。

2. 陕北民歌歌词的特色

陕北民歌翻译包括歌词翻译和歌曲译配（song dubbing）两种。胡凤华认为：“歌曲翻译是音乐学与翻译学学科交叉的产物，译者译出原歌词，属于文学翻译，译者依据原曲对词进行调配，属于填词行为。” 本文的研究对象基本限定在歌词翻译的范畴。

陕北民歌歌词具有文学阅读和审美价值。陕北民歌传承了《诗经》的二句结构形式和比兴创作风格，一般上起下兴，且多数歌词对仗工整，是自《诗经》以来比兴文学形式的典范，体现了民间的叙事格调和文学思维。陕北民歌作为口头文学形式，最早可以追溯到西汉时期的《上郡歌》，通过世世代代的口口相传延续至今。陕北民歌“作为民间口头文学，体现着人情美、意境美、风情美、绘画美、音乐美、形式美”。

英国翻译理论家纽马克将文本的语言功能和文本类型进行了

归类，他认为以信息功能为主的文本是重内容信息真实的文本，以表达功能为主的文本是重形式和原作风格的文本，以美学功能和呼唤功能为主的文本是重感染效果的文本；其中表达型文本注重原作内容和原作者表达的风格，美学型和呼唤型文本注重读者的感受。陕北民歌歌词富有文学文体所具有的表达功能、美学功能和感染功能，是一种形式独具、以效果取胜的典型的文学文本。

简而言之，陕北民歌歌词原生态的创作风格和比兴勾连的结构形式，本身就有意义，本身就是意义；陕北民歌歌词淳朴、豪放、凄婉、苍凉的艺术感染力扣人心弦也催人泪下。陕北民歌歌词翻译应该既能再现原文的文化价值，又能传达歌词所释放的艺术感染力；前者要求译者遵循原作者表达的思想内容和语言风格，后者要求以目的语读者为导向，利用目的语的优势，使译文达到与原文同样的效果。所以，陕北民歌歌词翻译就要做到既尊重原作风格、又能使读者达到充分的审美体验。

3. 歌词翻译策略

近年来，缑斌、杜丽萍、王沛、焦悦乐等学者和笔者均撰文讨论过陕北民歌的翻译策略问题，比较而言，缑斌的研究显得专业和深入，他将翻译和译配结合起来探讨陕北民歌的翻译，这与他在西安音乐学院工作的背景是分不开的；笔者的研究专门针对歌词中比兴结构的翻译提出具体的策略和方法，具有很好的借鉴性，但不具有普遍性；其他几位作者并没有区分歌词翻译与译配，他们提出的翻译策略的指导原则和操作方法也就显得有些缺乏针对性。基于陕北民歌的特色，陕北民歌歌词翻译应主要遵循等量迁移和等效迁移这两种翻译策略。

3.1 等量迁移策略

翻译陕北民歌歌词，需要我们把其中的原生态文化、黄土地文明与黄河文明真实地呈献给全世界，让外国读者了解在中国西部历史悠久、经久不衰的陕北民歌这个乡土口头文学的内容、形式和精髓，做到等量迁移，即从形式到内容的近似移植。作为译者，我们有责任、有义务传播陕北文化的真实原貌。陕北民歌歌词中包含着许许多多的陕北文化元素：如独具特色的陕北方言、体现西北地区生活方式的描写以及黄土地高原庄稼地里泥土的芬芳。译者要把饱含深厚地方风格的文学故事用英语去叙写，让读者听到的是正宗的陕北黄土丘陵的故事，而不是美国西部科罗拉多高原的故事，或者其他地方的故事。用等量迁移的翻译策略来指导歌词的翻译，可以为今后建构文化传播话语体系提供有益的探索和尝试。

陕北民歌歌词翻译中，要做到等量迁移，就要尽可能把歌词中的原生态形式和原生态内容迁移到目的语中，这样对译者的要求比较高，因为歌词中的旋律、节奏、节拍等都属于原文形式上的特色，它们具有原生态的外在美，同时这样的形式本身也蕴含着某种意义，译者需要连同歌词一起迁移到译文中去，这样才能保留和传播陕北民歌歌词的原生态特质和中国非物质文化遗产的精髓。

3.2 等效迁移策略

讲好陕北民歌中的故事主要是传达歌词的文化价值，当然从形式到内容越原汁原味越好、越具“乡土气”越好，等量迁移自然为上策。然而，故事讲给谁听是译者必须考虑的事情，否则就会事倍功半甚至事与愿违。一般来说，故事讲得好与不好，主要是目的语读者说了算。我们不是为翻译而翻译，而是使外国受众愿意听、听得懂，并能产生互动和共鸣。谢天振教授认为：“那种以为只要把中国文化典籍或中国文学作品翻译成外文，中国文学和文化就自然而然地走出去了的观点，显然是把问题简单化了，而没有考虑到译成外文后的作品如何才能在国外传播、被国外的读者接受的问题。”目的语读者接受与否虽不能说是翻译成功与否的唯一标准，但是应该成为讲故事的人必须考虑的重要因素。葛浩文翻译莫言作品时做了很多增删和改写，邵璐等学者通过对原文和译文进行对比，认为葛浩文的翻译“违反了忠实原则”。姑且不谈他的译文是否忠实，但事实是莫言获得诺贝尔文学奖，葛浩文的创造性翻译功不可没，说明域外读者非常认可葛浩文的译作。德国接受美学（Receptional Aesthetic）认为，一部作品如果没有被读者阅读或接受，那还是半成品；同理，一个翻译如果没有引起目的语读者的互动，那恐怕连半成品都算不上。所以讲述中国故事就得考虑讲给谁听，如何用地道的目的语讲好故事，别让中国传统故事变成中国传统“事故”。

4. 歌词翻译方法

以上谈了陕北民歌歌词翻译的策略。歌词翻译要体现既尊重原作风格又能使读者达到充分的审美体验，根据上述策略，笔者在本书中尝试了采用以下方法再现陕北民歌歌词的文学及其审美特质。

4.1 语义翻译法——传达“土味”

陕北民歌土得掉渣，表现出土气、土事（儿）和土味（儿）。“土气”是指歌词语言土。陕北民歌百分之百是劳动人民用陕北质朴的方言喊出的心声，每一段歌词都是用方言缀成的一首诗；“土事”是指陕北民歌中的故事土。陕北民歌中所叙述的都是最有烟火气的男女情爱、悲欢离合，书写了最原始的生活和情感；“土味”是指民歌歌词中蕴含着一种简单粗犷、苍凉悲壮的韵味，反映了黄土地上百姓对命运的抗争。这三个“土”合起来就是陕北民歌歌词折射出来的原生态特色。译者的任务就是要尽可能再现歌词的表达功能，要以作者和作品为指向的等量迁移翻译策略为指导，采取语义翻译法，在译文中再现其“土气”、传达其“土味”。笔者之所以选择语义翻译法，是因为纽马克强调要“在目的语语言结构和语义许可的范围内，把原作者在原文中表达的意思准确地再现出来”， 所以语义翻译法的前提条件就是要符合目的语语言的要求，不可以生搬硬造，不允许迂而不移。例如：

叫一声孩他达，
你听为妻说：
剜苦菜搂棉蓬，
咱能个且且个且。

叫一声孩他妈，
别再瞎说话。
如果不想法，
咱们都要死一搭。

My man, please
Why in such a hurry
If there are wild herbs
We can't starve to death

My woman, please
You're talking shit
If there is no way out
We'll be all finished

《咱们都要死一搭》

原歌词语言朴实简练，直接运用方言俚语，通俗易懂，黄土味十足。要在译文中传达丈夫那股残忍、无奈和可怜的基调，需要尽量用粗俗的、口语化的英语再现原歌词的意境。例如，把“叫一声孩他达，你听为妻说”翻译成“My man, please! Why in such a hurry?” 笔者对前后句都进行了改变，前句以自己的身份称呼丈夫更合呼英语叙事，后句没有译成“listen to me”，因为根据上下文判断，“你听为妻说”的语用意义就是“求你别急着送孩子给人家”，所以译成“Why in such a hurry”在语用意义上更对等。对于第二组歌词，笔者同样采用了底层民众口语化方式与原歌词达到风格上的对等。例如，将“别再瞎说话”翻译成“You're talking shit”，翻译时用了“shit”等较为粗俗的俚语再现原歌词的意义。在处理“如果不想法，咱们都要死一搭”时，笔者加入了俚语“We'll be all finished”表现了陕北方言“都要死一搭”，从形式到内容都比较对等。这样处理的目的是在传达原歌词意义的同时，保留原歌词的民间文化特质，做到形式内容两者都能兼顾。

4.2 意象移植法——传达原味

意象就是用客观事物来表达说话者的主观思想情感。《辞海》把意象解释为“心象”，即主观情感和外在事物相融合产生的心象。意象是中国古代文论中一个重要的概念，古人认为意在心中，象在身外，心中的意需要借助外界的象来表达，故有借物抒怀。中国唐宋诗词擅长意象描写，诗人用大自然意象勾画出无数美好生活的图景。追溯中国汉字的起源和诗学的发展，我们不难发现中国人长于意象思维，我们借助联想、比喻、类比的方式进行思考，习惯用意象思维的方法来理解事物和表达我们的思想。作为乡土口头文学，陕北民歌（信天游）就是劳动人民在干农活、赶牲灵和养牛放羊中信口拈来、“信天而游”。他们看见周围的一草一木都会触景生情，借物抒心，酸枣、樱桃、圪梁、沙蒿林、百灵子雀、羊肚子手巾等事物在歌词中不断出现，歌手把这些自然物与情感融为一体，朴素中透着一股质朴的审美韵味。陕北民歌自然淳朴的审美意象如何能让外国受众品味到，而且能够近乎原汁原味地让人感受到，这是讲故事的难点，也是最有意义的事情。笔者认为在受众可接受的范围内，应尽力保留民歌歌词中的意象，再现民歌的语言文化特色。例如在翻译《揽工人儿难》时，充分考虑受众的接受期望，保留了原文中的生活意象。

掌柜的打烂瓮，两头都有用，
窟窿套烟洞，底子当尿盆，
说这是好使用。

伙计打烂瓮，挨头子受背兴。
看你做的算个甚，真是个丧门神。

着不得下雨，着不得刮风。
刮风下雨不得安身。
若要安身呀，等得人睡定。

If a landlord broke an urn, he said it's lucky thing
'Cause the two pieces are still functioning
The body is for chimney and the bottom for pissing

When it happens to a hired hand, it is another matter
He is cursed as a jinx who can do nothing better

Rainy or windy day, I hate
I can't stay home for a rest
But work away till night late

《揽工人儿难》

翻译这首歌词时，充分考虑了原词中的生活意象，完全或部分保留了陕北生活中常见的事物，如盛水和腌菜用的“瓮”（缸）、“窟窿”（这里称圆筒状的物体）、“烟洞”（烟囱）、“底子”（容器的底）、“尿盆”、“丧门神”等；同时经过叙事的连贯和衔接，做到将故事的内核等量迁移，并没有为了保留原歌词的语言形式和原歌词的原生态文化而使译文变得佶屈聱牙。再比如：

这么长的辫子探不上个天，
这么好的妹子见不上个面。

这么大的锅来下不了两颗颗米，
这么旺的火来烧不热个你。

If only the pigtails reached the sky
If only I could enjoy watching you every day

Huge is the pot, but little millet to cook
Fire is hot, but how to warm your heart

（《这么好的妹妹见不上个面》）

这首歌词用了陕北生活中每天都见到的“长辫子”“天”“大锅”“米”“旺火”等事物。译文充分保留和移植了原文中的这些陕北文化元素、押韵的语言形式和原生态的故事，而且保留了原歌词中的双关语，用等量迁移策略展现了包含在民歌歌词中的陕北乡土文化，真正做到在目的语读者能够接受的前提下，争取保留和移植原歌词中的意象。这首歌词中的“长辫子”（pigtails）、“天”（sky）、“大锅”（pot）、“米”（millet）、“旺火（fire is hot）都进行了比较准确的移植。

保留原歌词中的意象并非易事，要考虑译文读者的阅读期待，使他们能从上下句中理解意象之所指，要恰到好处地做到既留其形又取其意，传达歌词的形美和意美，使译文真正做到等量迁移。下面三对取自不同歌曲的歌词及翻译也许能够说明这个道理：

石榴榴开花红又红，
你是哥哥的红火人。
Bright red the pomegranates bloom
With you I'm forever a groom

《石榴榴开花红又红》

走不尽的沙漠，
过不完的河，
什么人留下个拉骆驼。
Endless desert we cover
And cross river after river
Who the hell used camel as a carrier

《出门人儿难》

以上两例中出现了三个意象，都是借日常生活中的事物抒发心意，在歌词中也含有实际的意义。翻译时兼顾原歌词的意象和译文读者的认知习惯，保留了所有的意象（石榴/pomegranate，沙漠/desert，河/river），且这样的移植不会造成理解失当和读音拗口的感觉，基本上保留了原味。

4.3 去（易）象留意——求其要旨

上面提到在用英语讲中国故事的时候，译者能够保留原歌词意象，让外国受众领略到民歌中自然淳朴的审美意境和原生态特质，这是民歌歌词翻译的理想境界。但有时也需要考虑受众的认知习惯和文化理解力，如果一味地异化原歌词中的元素，结果只能是故事讲完了但听众不明白，美好的故事变得曲高和寡，翻译的目的没有达到。所以在翻译陕北民歌时，应该切实考虑受众的“期待视野”，如果能够保留民歌歌词中的意象而又不会使受众理解受阻，那是最好的文化移植。但是，在翻译过程中，很多情况下移植原意象会在目的语文化中变得莫名其妙或啼笑皆非，这就是异而不化的结果。鉴于此，我们便可以遵循等效迁移策略的指引，主动采取去象留意（或者叫作易象留意）的方法，或者部分去象、部分易象的方法，以求再现民歌歌词的要旨，舍弃字面词义的对等，而把故事的精髓传递给受众。例如，翻译《鸡蛋壳壳点灯半炕炕明》时，在考虑受众的文化认知习惯的情况下，对原文中的意象做了如下的灵活处理：

鸡蛋壳壳点灯半炕炕明，
烧酒盅盅量米不嫌哥哥穷。

天上的星星数上北斗明，
妹妹心上只要你一人。

你看我美来我看你俊，
咱二人交朋友天注定。

Broken caves and dim light
Little food but you I do like

Countless stars in the sky
But you are my only

You’re every breath I take

A good match we're made

（《鸡蛋壳壳点灯半炕炕明》）

这首歌词有浓郁的陕北文化传统，其乡土特色就连陕西关中和陕南的读者都感到陌生，异域受众理解起来会有更大的障碍。歌词中的“鸡蛋壳壳点灯”“烧酒盅盅量米”包含有很深刻的陕北文化，这些文化元素如果在译文中得到移植或保留，那是理想的做法。笔者曾经尝试采用等效迁移翻译策略，尽量保持其中的意象，如：“An eggshell oil lamp is lit but only makes half of the heated Kang dimly bright, A small liquor cup measures the millet but your poverty I cold-shoulder not.”但是这次还是进行了重译，因为意识到不能为了保留原歌词的文化意象，就要牺牲掉陕北民歌的语言特色、歌词节律。此外，目的语读者在没有注释的情况下，很难对“An eggshell oil lamp”“half of the heated Kang”和“A small liquor cup measures the millet”产生具象的联想。笔者这次重译这首民歌时，进行了一个大胆的尝试，将原歌词中的意象“鸡蛋壳壳”改译为“broken caves”，同时在翻译中省略了“半炕炕”“烧酒盅盅”“北斗星”等意象，仅仅保留了这些意象要表达的意义而已。这样一来，整首歌词读起来更像民歌，也排除了受众理解的梗阻，同时再现了歌词简单、质朴的原生态特质，做到讲好故事的同时没有丢失陕北民歌中蕴含的要旨。

其实，陕北民歌中有很多带有意象的歌词用等量迁移翻译策略是不太行得通的，除非译者非要把歌词翻译成长长的散文，这样可能达旨，但严重损害了歌词本身的形式美。以下陕北民歌片段的翻译，就要求译者舍去全部或部分意象以求达旨，例如：

煮了那个钱钱（哟）下了那个米，
大路上搂柴瞭一瞭你。

青水水的玻璃隔着窗子照，
满口口白牙对着哥哥笑。

Millet put in pot I come out for Firewood
I hope you appear suddenly on the road

I clean the glass window crystal clear
So happily I smile to myself, my dear

（《叫一声哥哥你快回来》）

走头头那个（那个）骡子上硷畔，
干妹子忙把红鞋换。

骡子走头马走后，
我跟上我（那）哥哥走包头。

I hear the sound of approaching mule
With new shoes, I rush out to see you

Long line of mules and horses
I'll ride with my boy to Baotou

（《跟上哥哥走包头》）

出门人儿难，
出门人难，
连皮皮筷子重茬碗。

出门人儿难，
出门人难，
身铺甘草头枕砖。

Alas, migrant workers
For food you wandered everywhere
You suffer from thirst and hunger

Alas, migrant workers
For food you wandered everywhere
You sleep without bed and shelter

（《出门人儿难》）

上面选取的这两首民歌的片段及其翻译，都会使译者因为意象翻译有难度而纠结，比如前一例中的“钱钱”就是仅限于陕北东部的米脂、绥德、佳县、子州和吴堡等地才有的食材，这是极具陕北文化特色的元素。“硷畔”也是特有的文化元素，指院门外的一块空地，陕北西部的硷畔是大门外自然形成的一块土地。“连皮皮筷子重茬碗”是指筷子和碗吃过上顿没有刷洗，下顿继续用来吃饭，指的是用水不便，连洗碗的水都没有，所以筷子和碗上沾着干了的饭。“甘草”并不是我们前面举例中提到的调制中药的甘草，而是指小麦秸秆或谷子秸秆。“出门人”指因家里贫困而被迫出门找活干的人。这些方言词语蕴含的概念，在汉语普通话中有时都难以找到对应的词语，对于英语读者来说就更加难以领会了。所以翻译时对“钱钱”“硷畔”“连皮皮筷子重茬碗”“甘草”和“砖”都需要进行去象或易象处理。对于其他如“红鞋”“白牙”等意象采取易象处理，将“红鞋”译为“new shoes”比“red shoes”更容易被理解，从叙事连贯上也比较合情理：男朋友来了激动不已，所以女孩打扮一番换上了新鞋子。另外，“白牙”在译文中用“so happily I smile”表现，如果硬是把“白牙”译出来，那么女朋友的笑会显得很怪异和可怕，也不合目的语的语言文化，会造成零接受或负接受，影响歌词故事的传播；“出门人”处理成“migrant workers”在英语文化中类似于“农业季节工人”，但实际上“出门人”可以受雇给人干活，也可以自己开店养家。此处采用易象处理虽然语义有缺失，但还是保留了“背井离乡”的含义。

4.4 建构关联法——叙事衔接

王宏印认为，比兴是中国诗歌的主要抒情手段。陕北民歌又是比兴手法用得较多的民歌，在艺术脉络上传承了《诗经》的比兴创作手法，托物传情，以物拟人，直抒衷肠。很多歌词都是典型的一起一兴、一虚一实的两句一组的构成法，有时上虚下实，如 “白羊肚子手巾包冰糖，窝了哥哥的好心肠”，有时则上实下虚，如“一把搂住你细腰腰，好像个老羊疼羔羔”，有时又虚实结合，喻体、本体在同一句里出现，如“我好像那无根的大沙蓬，哪搭落下哪搭盛”。陕北民歌的创作是随意的，都是在山里或田里即兴而唱，眼前所见的一景一物、一草一木、一山一水、一星一月都可以成为陕北人民即兴而歌的对象，有的起兴句是描写收割庄稼的，有的则借用放牛和牧羊的情景起兴。起兴是借用生活中最熟悉的事物表达自己的情感，才使民歌歌词显得栩栩如生，给读者留下深刻的印象。然而，如何体验比兴构筑的文学审美并在译文中再现，是所有译者遇到的棘手问题。陕北民歌歌词中的比兴是信口拈来的比拟句式，有的可以找到上下句中的关联，有的纯粹为了节奏，或唱起来上口，或显得上下对称，起兴和比拟之间根本找不到关联，有的也确实没有关联。如果我们在翻译时也照单全收，将零关联的比兴句翻译成零关联句对，那么西方受众会拒绝接受，因为西方受众的形式逻辑思维传统使他们习惯从叙事的逻辑关系中去理解文本的要义。所以，受众的文化背景一定程度上决定了译者应该采取什么方式去讲好中国故事，译好陕北民歌歌词。

在分析比拟句之前，我们先看以下这句经典歌词中上下句之间的逻辑关系及其译文的表现，以便更好地掌握比拟句和非比拟句翻译时的不同处理方法：

瞭得见个村村瞭不见个人，
我泪个蛋蛋抛在沙蒿蒿林。

My eyes search for you in the hamlets
Find you not so tears fall to the grass

（《泪个蛋蛋抛在沙蒿蒿林》）

这两句不属于比拟句，属于普通的叙事，上下句构成因果逻辑关系——看得见远处的村庄却看不见心头思念的朋友，因而忧伤哭泣。这样逻辑关系清晰的叙述在翻译时可以按图索骥，不需要重新建构联系。而下面几句歌词都是典型的比兴结构，很难找到其中的内在关联和外在衔接，需要译者带着创新性的思维去重构。例如：

（1）
上河里的鸭子下河里的鹅，
一对对毛眼眼照哥哥。
Ducks and geese cheer in water
But where are you my dear

（《叫一声哥哥你快回来》）

（2）

天上的星星数上北斗明，

妹妹心上只要你一人。

Countless stars in the sky

But you are my only

（《鸡蛋壳壳点灯半坑坑明》）

（3）

三十三颗（那）荞麦九十九道棱，

我多交上（那个）朋友多牵心。

A buckwheat has three edges

but my concern of you is endless

（《跟上哥哥走包头》）

（4）

樱桃好吃树难栽，

要交朋友口难开。

A Cherry is good to eat but hard to grow

I love you but how to let you know

（《要交朋友开口来》）

以上4例歌词中，上下两句属于典型的上句起兴、下句比拟，上下两句没有密切的逻辑关系，是劳动人民在劳动中随意从周围熟悉的或看得见的事物中拿来作为起兴的，其目的是给下句做铺垫，下句才是表达的主体。这样的句式结构是陕北民歌歌词中最普遍的语言现象，几乎每一首民歌歌词中都会出现，所以在翻译中处理好这样的比拟句，就解决了民歌翻译一半的工作。在例（1）中，河上游的鸭子和河下游的鹅与“我在瞭望男朋友”没有直接的联系，可是如果我们也按照汉语的比兴模式翻译成英语，那么英语受众会不知所云。所以笔者通过“cheer”和“But”创造性地建构了上下句之间的逻辑关系——鸭和鹅在一起嬉戏，而你在何处，把我一人留在这里。例(2)中的上句用天上的北斗星起兴，下句用妹妹心上人比拟，两句之间似乎还有一点关系，即北斗星是众星中最亮的一颗，哥哥你是我心中最思念的人。译文通过等量翻译的策略，用“you”既指星星中的一颗，又指自己所爱的男子，建构了新的寓意关联：“在众星星中，你是我的唯一。”例(3)中上句以荞麦棱边起兴，下句谈的是朋友，似乎没有逻辑联系，但是细细琢磨会发现上下句都隐含了一个“多”字，这样便可以建构一个内在关联，译文用一粒荞麦有“三个棱”(three edges)，但是“我对你的担心是无数个棱（endless)”，两个表示数量的词通过“but”一词建构了上下两句的对比关系。例（4）也是同样的比兴语言结构，但是樱桃与交朋友之间怎么也难以建立关系，译文中不仅用两个“but”建构起来它们之间的逻辑关系，而且将“口难开”改译为“how to let you know”，进一步强化了比兴句之间内在的同质性。上面4例的译文通过建构外在衔接或内在关联把上下两句紧紧地勾连在一起，英语受众理解起来不费力，民歌的故事得到了很好的宣传。

当然需要说明的是，建构关联需要建构得合情合理，译者的创造性不能变成肆意改编、牵强附会的借口，需要在陕北民歌特殊的文化背景下，在译者对陕北文化元素了然于心的基础上，去慢慢体会和琢磨其中可能建立的外在衔接和深层关联。所建构的逻辑关系既能再现原歌词中的内涵，也能让英语受众自然而然地接受。例如，以上例（1）中的逻辑关系是在“一对对”的基础上建构起来的，鸭子和鹅成双入对，而“我”孤单影只，所以建构的关联是合理的。例（2)、例（3）的建构显而易见，例（4）也许会引来非议，当然并非因为建构关联的问题，可能会有人说为什么把“小曲好唱”改译为“tunes are nice”？为什么将“口难开”译为“how to make her understand”？其实只要读完整首民歌就知道此时的“好唱”指的是曲子“好听”，而“口难开”就是担心难以表达自己对心上人的感情，渴望对方懂得她的心理。

本书提出的四种翻译方法不一而足，在实践操作中可能还会用到其他的技巧和方法，有时还可能几种方法交替使用，或者两种或多种合并同时使用，这需要根据具体的民歌歌词而定。但是只要把握好陕北民歌歌词的翻译原则，选准何时用等量迁移、何时用等效迁移的策略，就能够找到恰如其分的翻译方法来翻译陕北民歌，从而讲好中国故事。

陕北民歌是我国宝贵的文化遗产，介绍和宣传陕北民歌意义重大。陕北民歌翻译应该分为歌词翻译和歌曲译配，歌词翻译属于文学翻译，其目的就是再现民歌的文学性和审美特质。作为乡土特色浓重的口头文学，陕北民歌歌词的翻译需要明确信息发送者的资格，发送者应是能讲或会讲陕北文化故事的人，信息接受者是故事在异文化的最终归宿，直接决定翻译策略的选取。鉴于此，陕北民歌歌词翻译需要遵循以下策略和方法，即翻译民歌歌词要坚持保留原作风格和满足受众审美体验的原则，按照等量迁移策略和等效迁移策略，采用语义翻译法、意象移植法、去（易）象留意法和建构关联法等方法，忠实通顺地、原汁原味地把陕北民歌歌词介绍给受众。只有这样，才能讲好陕北文化传统故事，陕北民歌这块民族文化的瑰宝才能在世界文化舞台上绽放异彩。译好陕北民歌歌词，讲好陕北民歌的故事，也会为讲好中国故事提供良好的实践案例，为中国文化走出去提供有益的借鉴。

参考文献

[1] Newmark, Peter. *Approaches to Translation*[M]. Shanghai: Shanghai Foreign Language Education Press, 2001.

[2] Reiss, Katharina. *Translation Criticism: the Potential and Limitations*[M]. Shanghai: Shanghai Foreign Language Education Press, 2004.

[3] Venuti, Lawrence. *The Translator's Invisibility: a History of Translation*[M]. London and New York: Routledge, 2008.

[4] 曹明伦. “翻译暴力”从何而来?——韦努蒂理论术语 violence 探究 [J]. 中国翻译，2015（03）.

[5] 常琅. 陕北民歌中认知隐喻的体验性探析[J]. 延安大学学报（社会科学版），2011（01）.

[6] 陈哺図. 陕北民歌的演唱风格透视——以两首民歌的分析为例[J]. 音乐时空（理论版），2012（03）.

[7] 邓惠君. 浅议薛范译配歌曲的“五讲四美”[J]. 词刊，2014（08）.

[8] 杜丽萍. 民族文化美的再现与传播——论陕北民歌英译的再创造性[J]. 交响-西安音乐学院学报，2010（03）.

[9] 高晓鹏.论陕北民歌的传承危机[J]. 音乐天地，2009（10）.

[10] 缑斌. 由逆而顺，走向读者、演唱者与听众——以受众为目标的民歌翻译策略研究[J]. 交响-西安音乐学院学报，2013（02）.

[11] 郭建中. 异化与归化：道德态度与话语策略[J]. 中国翻译，2009（02）.

[12] 胡凤华. “歌曲译配”与“歌曲翻译”辨[J]. 安徽大学学报，2007（05）.

[13] 胡友笋. 陕北民歌研究的现状与问题[J]. 交响-西安音乐学院学报，2008（01）.

[14] 黄静. 浅议陕北民歌在新时期的发展[J]. 音乐天地，2007（09）.
[15] 焦悦乐. 陕北民歌翻译策略中译配技巧初探[J]. 交响——西安音乐学院学报，2012（04）.
[16] 李林波. 在诗中聆听歌的回音——评《西北回响》兼论陕北民歌的翻译[J]. 交响-西安音乐学院学报，2009（03）.
[17] 刘永昌，朱强. 颂歌刘志丹[M]. 西安：陕西人民出版社，2006.
[18] 吕政轩. 陕北民歌艺术论[M]. 银川：宁夏人民出版社，2004.
[19] 苗晶、乔建中. 论汉族民歌近似色彩区的划分[M]. 北京：文化艺术出版社，1987.
[20] 邵璐. 莫言英译者葛浩文翻译中的“忠实”与“伪忠实”[J]. 中国翻译，2013（03）.
[21] 任思谕.浅析陕北民歌的风格特征[J]. 音乐创作，2012（09）.
[22] 施雪钧. 陕北民歌还活着[J]. 音乐爱好者，2005（01）.
[23] 孙鸿亮、孙志岗. 陕北民歌的情感表现[J]. 电影评介，2009（06）.
[24] 宋晓梦. 慎终追远，继往开来——黄帝祭祀与中华传统文化学术研讨会综述[J]. 中国文化研究，2005（02）.
[25] 田青、秦序. 音乐类非物质文化遗产保护国际学术研讨会论文集[M]. 北京：文化艺术出版社，2009.
[26] 王宏印. 西北回响[M]. 北京：文化艺术出版社，2009.
[27] 王建设. 试析区域环境对陕北民歌的影响[J]. 和田师范专科学校学报，2009（04）.
[28] 王克文. 陕北民歌艺术初探[M]. 北京：中国民间文艺出版社，1986.
[29] 王沛. 陕北民歌的特点及其翻译探索[J]. 交响-西安音乐学院学报，2010（01）3.
[30] 王占斌. 目的决定手段——析王宏印译作《西北回响》[J]. 天津外国语大学学报，2011（06）.
[31] 王占斌、罗蓉. 再现陕北民歌的文学性——兼评王宏印译作《西北回响》[J]. 宁夏大学学报，2012（06）.

[32] 王占斌、陈大亮. 比兴在信天游中的运用及其对策[J]. 天津外国语大学学报，2014（02）.

[33] 谢天振. 中国文化走出去不是简单的翻译问题[N]. 社会科学报，2013-12-05（006）.

[34] 薛范. 歌曲翻译探索与实践[M]. 武汉：湖北教育出版社，2002.

[35] 薛伍利. 陕北民歌“信天游”的文化生态分析[J]. 音乐天地，2012（07）.

[36] 姚文艳. 浅议陕北民歌中的民俗现象[J]. 科学之友，2008（11）.

[37] 袁静芳. 中国传统音乐概论[M]. 上海：上海音乐出版社，2000.

[38] 张智斌. 声乐教学理论与实践[M]. 北京：人民出版社，2006.